「いろいろ手配してくれて、サンキューな」
ユーリ
世界樹の精霊。
アインを助ける。
アイン
職業《ジョブ》【鑑定士】の少年。
「勘違いするな。すべてユーリのためじゃ。貴様はおまけじゃ」
ウルスラ
世界樹の精霊（ユーリ）を
保護する賢者。

「あの……ど、どう、ぞっ」
彼女の手には、ティーカップが握られていた。
俺は訳がわからなかった。
死にかけていたのは？
この目の前の少女は？
どうして俺は目が見えるんだ？

「おい小僧」
「え……？」
「ウチの娘が貴様のために入れたお茶だ。さっさと飲むがよい」

「【煉獄業火球《ノヴァ・ストライク》】！」
岩巨人の頭上に、太陽と見まがうほどの
巨大な火の玉が出現。
それは凄まじい速さで、
岩巨人の元へと落下した。

不遇職【鑑定士】が実は最強だった
The unfavorable job [appraiser] was actually the strongest
〜奈落で鍛えた最強の【神眼】で無双する〜
茨木野
[illustration] ひたきゆう

CONTENTS

1話　鑑定士は不遇職

人は生まれながらに平等ではない。

最初に与えられた才能がゴミだった場合、一生底辺のまま朽ち果てていくほかない。

この俺、【アイン】は、そう思っていた。

【彼女】と出会って、運命が変わる、その日までは。

☆

この世に無数に存在する、地下に広がる迷宮、ダンジョン。

モンスターのはびこる危険地帯が、俺たち【冒険者】の主な仕事現場だ。

「ギギッ！　ギー！」

「おらネズミ野郎！　死ねや！」

巨大なネズミのモンスターに立ち向かっているのは、剣を持つ男。

人間の子供サイズの化け物を前に、しかし彼は全くおびえている様子はない。

「食らえ！　【裂破斬《れっぱざん》】」

彼の構えた剣は輝くと、巨大ネズミの分厚い皮膚を、まるで紙のように引き裂く。

「どぉだ！　剣士の職業《ジョブ》を持つおれの【技能《スキル》】は！」

彼は勝ち誇った笑みを浮かべる。

モンスターがひるんだタイミングで、彼の背後に控えていた女が言う。

「魔法の準備おっけーよ！」

女は杖《つえ》を構えて、モンスターに向けて叫ぶ。

「【火　球《ファイアーボール》】！」

その瞬間、顔の大きさほどの火の玉が出現。

モンスターめがけて飛翔《ひしょう》し、激突して激しい爆発を起こす。

「ギー……」

巨大ネズミは苦しみ悶《もだ》えていたが、やがて絶命した。

「さすがよゾイド！　あんな化け物簡単に倒すなんて！」

「いやいやジョリーン。魔法使いの職業《ジョブ》を持つおまえが優秀なおかげさ！」

あんな大きな化け物と、俺たち冒険者が対等に渡り合えるのには、理由がある。

【職業《ジョブ》】。

この世界の人間が、生まれたとき女神様から授かる、特殊能力のことだ。

たとえば剣士の職業なら、身体能力を強化し、モンスターと立ち向かえるようになる。

魔法使いなら魔法が、聖者なら回復術が。

職業を与えられた瞬間に使えるようになる。

光の女神様は俺たちに職業を、闇の女神様は職業に付随する技能《スキル》を与えてくださる。

女神様から与えられる力は、俺たちにとって、なくてはならないものだ。

人生を左右するものと言っても過言ではない。

……しかし、この職業は、与えられたら一生変えることができない。

運よく役に立つ職業を引ければ何も問題はない。

だが俺のように、全く使えない職業を引いてしまえば、それでおしまいだ。

「おらゴミ拾い！　なにぼさっとしてやがる！　とっととこっちこい！」

俺を呼ぶのは、軽鎧《けいがい》に身を包んだ【剣士】の職業《ジョブ》を持つ男、ゾイド。

このパーティのリーダーだ。

「ちょっとゾイド～。怒鳴ったらかわいそぉよ～。あいつ、あたしたち【上級普遍職《ハイ・コモン》】と違って、戦闘に向かない【下級普遍職《ロー・コモン》】のクズなんだから～」

ゾイドのとなりにいる、魔女帽子をかぶった女は、【魔法使い】のジョリーン。

俺は、彼らに非正規の冒険者として雇われ、街近くにある迷宮へと訪れていた。

「す、すみません……ちょっと荷物が重くって……」

浮かべたくもない愛想笑いをしながら、俺は二人のもとへ向かう。

「ったく、これだから下級普遍職《ロー・コモン》はつかえねえよなぁ。弱っちくてよぉ」

職業《ジョブ》には階級が存在する。

剣士や魔法使いなど、戦い向きの上級普遍職。

下級は、非戦闘系の職業のことだ。
俺の職業は【鑑定士】。
できることは、【鑑定】する。ただそれだけ。
鑑定は、物体に秘められた情報を見抜くことができる。
「おらモンスター倒したぞ。さっさと鑑定しやがれ」
ゾイドの足元に、切り伏せられた巨大鼠《ジャイアント・ラット》がいる。
この迷宮に潜むモンスターの一つだ。
「……鑑定」
俺がつぶやくと、鑑定士の持つ技能【鑑定スキル】が発動する。
両目に薄透明の魔法陣が浮かぶ。
視野に入っている物体の情報が、魔法陣内に浮かび上がる。
『ジャイアント・ラットの死骸（F）』
『↓死亡したジャイアント・ラット』
（F）は希少度合いのことを指す。
Fは最低。Sが最高。
希少度合いが高ければ、それだけ高く買い取ってくれるのだ。
死骸は、このままだとただのFのゴミ。
だが、つぶさに【鑑定】していくと……。

『巨大鼠の歯（Ｄ）』

『↓ジャイアント・ラットの前歯。硬く、加工すれば武器や農具の素材になる』

このように、全体としてみればゴミ同然のアイテムでも、部位によってはレアな物もある。

背負っているリュックサックから、小刀を取り出す。

死んだ鼠《ねずみ》の口を無理やりこじ開けようとする。

しかし死後硬直しているからか、かなり力がいる。

俺ではびくともしない。

「あ、あの……口を開けるの、手伝ってくれませんか……？」

恐る恐る俺が尋ねると、ゾイドは顔をくしゃっとゆがめて言う。

「はぁ？　なんでそんなきたねえ鼠のを触らなきゃいけねーんだよ！」

「ゴミに触れるのは、ゴミ拾いの役割でしょう、ねぇアインくん？」

二人が愉快に笑う。……クソが。

「あー？　なんだよその反抗的な目はよぉ～」

ゾイドが俺に近づいて、肩を蹴飛ばす。

俺は鼠の死骸の上に倒れる。

腐敗して、とてつもなく臭かった……。

「あたしたちが命をかけて、安全を確保してあげてるんだから、安全な後方で何もせずぼけーっとしてるだけのアインくんには、もうちょっと感謝して欲しいかなーって思うわ」

……確かに、こいつらの言っていることは正しい。

鑑定士の職業には、戦闘に向く技能《スキル》は無い。

身体能力が向上することも無いし、武器を操る力も無い。

戦闘時には、ただ後ろで見ているだけだ。

「おれらは自分の仕事を果たしたんだから、てめーも仕事しろよ。文句言ってんじゃねえぞカス」

「……すみません、でした」

俺は起き上がり、鼠の口を、頑張って開けさせる。

口の中からは、むわり……と卵の腐ったようなにおいがする。

鼠の口の中は不潔そのものだった。

よだれでベトベトの口の中を、ごそごそとあさる。

「やだーきもーい。よくあんな汚いなかに手を突っ込めるわね～。くっさーい」

ジョリーンが俺をクスクスと笑う。……ああくそ、最低な気分だ。

ややあって、巨大鼠の歯を回収する。

「……できました」

「おせーぞタコ」

ゲシッ！　とゾイドが俺のケツを蹴る。

「おらとっとと出発するぞ」

「は、はい……」

背負っているリュックの中に、鼠の歯を入れる。

……俺にできるのは、ゴミを漁ることだけだ。

倒したモンスターの死体から、換金アイテムのありかを捜す。

そしてアイテムを死骸から剝ぎ取る。

ゴミ拾いとは、言い得て妙だ。

だが俺にはもうこれしか、冒険者としてやっていくすべはない。

数ある非戦闘系の下級普遍職のなかで、鑑定士は特に不遇とされている。

なぜなら、鑑定士が鑑定を行わずとも、ギルド職員が魔法道具で鑑定を行ってくれるからだ。

死体をそのままギルドへ持って行けば、鑑定士いらず。

それでも必要とされるのは、モンスターの死体が大きいからだ。

死骸をまるごと持ち込むのだと、効率が悪い。

換金アイテムだけを現場で回収して売った方が、より多く金を儲《もう》けられるからな。

けどアイテムの重量を無視して収納できる、魔法袋《マジック・バッグ》があれば、それで事足りるわけで……。

なおのこと、鑑定士は不必要な職業なのだ。

ちまたで【ハズレ枠】だの【不遇職】だのと言われている。

「おらいくぞ！　ぼさっとしてんじゃねえ！」

愛想笑いを浮かべ、ペコペコ頭を下げながら、ゾイドたちの言いなりになる。

なんてみじめなんだろう。けれど、プライドなんて、とっくに捨てた。

……職業《ジョブ》を変えられない以上、冒険者としてふんばるしかない。

俺には両親がいない。早くに他界している。故郷に帰っても家業を継ぐことはできない。

ゴミあさりでもなんでもして、生きていくほかないのだ。

☆

俺たちはダンジョンの二階層へとやってきていた。

ここは、拠点としている街からほど近いものの一つ。

ダンジョンごとに出るモンスターはきまっている。

ここでは主に、さっきの巨大鼠《ジャイアント・ラット》が出現する。

「おっ、ラッキー。地獄犬《ヘル・ハウンド》の死骸があるぜ〜」

人間ほどの大きさの、黒い犬が、死体となって倒れていたのだ。

……俺は違和感を覚えた。

「ゾイドさん、おかしくないですか？」

「あー？　何がだよ」

「このダンジョンに地獄犬って出現しないはずですよね……？」

ゾイドは不愉快そうに顔をしかめると、俺を正面から蹴飛ばす。

地面にズシャッと倒れる。

「うっせーよ！　口答えせず、とっとと死体からアイテムを回収しろよ」

「………………はい」

違和感はあった。

だが意見したところで、この男が俺の話を聞き入れることはない。

素直に【鑑定】を使って、地獄犬から【ヘル・ハウンドの牙】を四本、採取する。

「ゾイドぉ、ラッキーね。地獄犬から取れるアイテムって、高く売れるんでしょう？」

「ああ。帰ったらぱーっと酒飲もうぜ。その後は宿屋で……な」

……このふたりは恋人同士らしい。

ああくそ、緊張感のないやつらめ。

「おっ！　あっちにも地獄犬の死体が転がってるじゃーん。らっき〜」

すっ、とゾイドが右側の通路を指さす。

……激しい違和感を、俺は覚えていた。

「おいアイン、さっさと素材回収すっぞ」

「い、いや……ゾイドさん。おかしいですってマジで」

「はぁ〜？　なんでだよ」

「ギルドからもらった地図だと、ここは一本道でしたよ？　ほかに通路なんてなかったです」

「地図が間違ってるんだろ？」

「いやでも、ギルドが間違った地図なんて渡さないような……」

「あーもーうぜえな！　いくぞおら！」

ゾイドは二本目の通路を進んでいく。

「マジで危ないですって！　引き返しましょうよ！」

地獄犬という、本来出るはずのないモンスターがいて、本来あるはずのない通路がある。

……どう見ても、危険だ。

「あ、そ。じゃおまえだけ帰れよ。ただし、そのリュック置いてけ」

「なっ⁉」

「当然だろ？　おまえはリーダーに逆らった。ならもうクビだ。稼いだ金もやらねーよ」

「……そんな」

「うっせーよ。どうすんの？　帰るの？　くるの？」

……ここで引き返すという手は、ない。

俺みたいな不遇職を仲間に入れようとするパーティは、少ない。

もう数多くのパーティからお払い箱を喰《く》らっている。

ここでゾイドからも見捨てられたら……。

「わかり、ました……」

結局従うしかないのだ。

クソッ……！　俺がこんな職業《ジョブ》だったばかりに……！

……ほんと、この世界は不平等だ。

職業で人間としての格付けが、生まれたときから決定されている。

戦いもできない下級普遍職に、ダンジョンでの発言権なんて存在しない。

弱者《おれ》は、強者《ゾイド》にへーこら頭を下げるしかないんだ……。

俺は地獄犬から素材を採取して、リュックにしまう。

その後も通路を歩いていると、地獄犬の死体があちこちに見受けられた。

「おいおいここ宝の山じゃね〜かよぉ〜！」

本気でおかしいことに、俺しか気付いていないようだった。

この地獄犬、いったい誰が倒したっていうんだ？

俺たちのような冒険者？　だがそうなると、素材を回収していないのはおかしい。

「ぞ、ゾイドさん……もう引き返しましょうよ！」

「あーもう！　うっせえなぁ！　じゃ帰りたきゃてめーだけで帰れっつーの！」

……と、そのときだった。

「ま、待ってゾイド！　アレ見て！！！」

ジョリーンが、通路の先を指さす。

なんだ……と思ってそっちを見て、言葉を失った。

「おいおい……なんだ……ありゃあ……？」

そこにいたのは、地獄犬の群れだ。

一匹や二匹じゃない。

五……いや、十匹はいるだろう。

「なんだよ！　聞いてねえぞ！　こんなにいるなんて！」

地獄犬は、一匹当たりの強さがそこそこある。

剣士と魔法使いがタッグ組んで、ようやく一匹倒せるかというところ。

それが十匹もいたのだ。ゾイドが焦る気持ちもわかる。

地獄犬の群れは、何かをあさっていた。

それは同じく地獄犬の死体だ。

……やっとわかった。

さっき俺たちが見つけたのは、地獄犬の群れが同族で争った跡だったのだ。

「に、逃げるぞ！　十匹なんて相手してたらおれたちの命が危ない！」

「けど！　どうやって⁉」

にやり……とゾイドが邪悪に笑った。

「ジョリーン。麻痺《まひ》の魔法を……アインにかけろ」

「はぁ⁉」

「わかったわ！　【麻痺《パラライズ》】！」

「がッ……！」

突如として、俺の体が動けなくなる。

その場にへたり込む。

体を動かそうとしても、ビリビリとしびれて、指一本まともに動かせない。

「おら犬っころどもぉお！　メシがここにいるぞおおおおおおおおおおおおおおおおお！」

地獄犬たちが食事をやめる。

血のような赤い目を、麻痺して動けないでいる、俺《エサ》に向ける。

「わりぃなアイン！　死んでくれ！」

「麻痺は持続時間が短いから、運が良ければ逃げられるから、がんばって！」

俺を残して、一目散で逃げていく。

地獄犬たちはゾイドたちよりも、動けないでいる新鮮なエサに興味があるようだ。

モンスターの群れが、俺に向かって走ってくる。

「い……や……だ。だずげ……で……」

地獄犬が俺に押し寄せてくる様を、ただ見ることしかできない。……万事休すだ。

☆

地獄犬の群れは俺の元へやってくると、手足に噛《か》みつく。

「ぎゃぁあああああああああああああ！！！」

激しい痛みとともに、麻痺がとかれた。

リュックを捨て、急いでその場から逃げようとする。

だが手足に噛みついた地獄犬たちは、離れようとしない。

「ぢ……ぐしょう！　離れろ！　離れやがれ！」

近くに落ちていた石を手に取り、めちゃくちゃに振り回す。

地獄犬たちがひるんで口を離す。そのすきに脱出。

負傷しているが、幸い噛まれただけだった。

動ける……だが痛い。噛まれた跡から出血していた。

地獄犬は鋭い嗅覚を持っている。

逃げても隠れても、においをたどって追いかけてくる。

「ぜぇ……はぁ……！　はぁ……！　はぁ……！」

来た道を戻ることはできなかった。

ゾイドたちが、土魔法で出口をふさいでいたのだ。

「くそ！　くたばれ畜生！」

必死になって逃げる。だが捕まるのは時間の問題だ。

「がッ……！」

足に地獄犬が噛みつく。

俺はそのままつんのめって地面に転がる。そこへ地獄犬の群れがやってくる。

「くそが！　あっちいけくそっ！」

足に食いついてる地獄犬を蹴り飛ばし、転がるようにして逃げる。

右足が、完全にいかれやがった。

ふらふらになりながらも、やつらから逃げる。

一本の細い通路を見つけた。

そこに入った……そのときだ。

「え……？」

風が吹き抜ける音がする。

眼下には、何もない漆黒の空間が、どこまでも広がっていた。

「なんで地下迷宮に、こんなものが……？」

目の前には巨大な穴。そして、後ろからは地獄犬の声。

……もう終わった。俺が取れる道は、二つに一つ。

犬に食い殺されて死ぬか、高所から落下して死ぬか。

どっちにしろ死ぬ。……なら、楽に死ねる方が良い。

「最低な、人生だった。生まれたときからバカにされて、何もできずに……」

いや、死に際になって、やっと俺は気づいた。

「違う……俺が、職業のせいにして、なにもしてこなかったのがいけないんだ……」

結局、自分の弱さに向き合わず、努力することを怠った結果こうなったのだ。

間違いに気付けても、もう遅い。

「母さん……父さん……ごめん……」

目を閉じて、深い穴に向けて身を投げる。
俺の体は、どんどんと、地下へ落ちていく。
風がうるさい。だがそのうち何も感じなくなる。
落下の感覚に体を震わせながら、俺は死ぬ瞬間が来るのを待った。
……
…………
…………………夢を、見た。
ボロボロになった俺のもとに、光る、美しい少女がやってきた。
彼女はしゃがみ込むと、俺の頬に手を添えて、口づけをする。
その瞬間、体の痛みがウソみたいになくなり、俺は気を失った。

2話　鑑定士は世界樹の少女と出会う

「え……？」

俺は地面に、仰向けに寝ていた。

あり得ない……だって、高所から落下したんだぞ？

「どうして生きてるんだ……？　あんな高さから……って、なんだ、これ？」

見上げるとそこには……巨大な、光る木があった。

「嘘《うそ》だろ……なんで、こんなところに木が生えているんだ？」

見上げるほどの大きさの、巨大な木が、天に向かって伸びている。

木は全体が青白く発光していた。

天に向かって枝が伸び、青々とした葉っぱが生い茂っている。

俺の周りには、折れた枝が無数にあった。

「もしかして……この木の上に落下したのか……？」

そうとしか考えられない。

枝がクッションとなって、落下速度を殺してくれたのだ。

「だとしても、大けがはまぬがれないよな？　なんで俺は無事なんだ……？」

と、そこで俺は、ようやく気付いた。

「足が……治ってる？」

地獄犬に強く嚙《か》まれた足が、普通に動けるようになっていた。

……ぴちょん。

「え……？」

俺の頭に、何かが当たった。

光る木から、雫《しずく》が垂れてきているのだ。

手で器を作り、それを受け止める。

木から降り注ぐ水が手の中に溜《た》まる。

「……【鑑定】」

『世界樹の雫（S）』

『↓あらゆるケガ、病気を瞬時に治す、世界最高の回復薬』

「なっ⁉　せ、世界樹の雫だって⁉」

バッ……と俺は光る木を見上げる。

「か、【鑑定】！」

『世界樹（S）』

『↓魔素《マナ》を無限に生み出す、希少価値の高い霊木』

「す、すげえ……本当に世界樹は、あったんだ……」

かつてこの世界には、一本の世界樹があった。

俺たちが使用する魔力は、大気中に存在する魔素《マナ》を吸い込んで、体内で生成される。

その魔素を生み出しているのが世界樹だ。

それは遥《はる》か昔に枯れてしまったらしい。

しかし学者たちは、他にも世界樹が存在すると仮説を立てた。

もし一本しかないのなら、魔素《マナ》が新たに生み出されるのはおかしい、と。

血眼になって捜索は行われた。

だが地上のどこを捜しても、二本目は見つからなかった。

「……そりゃ見つからないか。まさかダンジョンの中にあるなんてな」

見上げると世界樹がある。

その遥か上から俺は落ちてきた。

……どうやって、俺は地上に戻れば良いんだ？

☆

地獄犬《ヘル・ハウンド》から命からがら逃げてきて、俺はこの深い穴の底へとやってきた。

高所から落下したところを、世界樹によって救われたわけだ。

「ありがとな。おまえのおかげで、助かったよ」

俺は木の幹にペタッと触る。

いわばこの木は、命の恩人だからな。

ふと、誰かの声がした気がした。

【………ぁ、ぅ】

「ん？　なんだ……？」

まさか、こんな奈落の底に、誰かがいるというのか？

だが見渡してみても、あるのは背後の、輝く木だけだ。

「気のせいか……」

さて状況を整理しようか。

俺がいるのは、見上げるほどの大きな樹の根元。

根っこも太く、これだけで普通の木の幹ほどある。

木の周りには何もない。広場みたいになっている。

「ダンジョン内だっていうのに、やけに静かだ。それにモンスターの気配もないな……」

ここはモンスターのはびこるダンジョン内だ。

モンスターが一匹も見当たらないというのは、さすがにおかしい。

「世界樹にモンスターを寄せ付けない効果があるとか聞いたことないしな……」

鑑定能力では、そこまで見抜けない。

「これからどうするか……」

俺は仰向けに倒れる。

このまま奈落の底で助けを待つ？

いや、ゾイドたちが、俺を助けるとは思えない。

救援は望めないとなると、取るべき行動は一つだ。

「……脱出だな」

ここには世界樹があるだけで、食べ物がない。

もって一週間かそこらで餓死してしまうだろう。

なら脱出できる確率にかけたほうがいい。

俺は立ち上がり、世界樹を見上げる。

「助けてくれてありがとう。おまえには感謝してるよ。じゃあな」

きびすを返して、この広い空間の奥へと進もうとする。

【……ぁ。……まって】

「ん？」

やっぱり誰かの声が、聞こえた。

だが周りを見渡しても誰もいない。

「まさかモンスター？　……ないか」

それだったらとっくに、俺はモンスターの餌食になっているだろう。

「こんな奈落の底に、人なんて絶対存在しないだろうしな」

それはさておき、俺はその場を後にする。

進んでいくと、ホールから外に出る穴があった。

「…………」

この先にどんな敵が待ち受けているのか……？

ここはギルドすらも把握していなかった、未知のエリア。

地獄犬《ヘル・ハウンド》以外にも、敵がいるかも知れない。

「……この場に留まるべきか？」

だって地獄犬にも歯が立たない俺だぞ？

そんな弱い俺がこの外に出て、それ以上の強敵に出くわしたらどうする？

「怖い……」

ならこの場で救援を待った方が……いや、ダメだ。

ゾイドたちに何も期待してはいけない。

あいつらは俺をゴミのように切り捨てたんだ。

望みはない。道は、自分で切り開くしか、ない。

「よ、よし……い、いくぞっ」

震える膝を叩《たた》き、俺はエリアの外に出る。

そこは通路になっていた。地面むき出しのトンネルが奥へと続いている。

ぴょぉお……っと風の通る音。それに混じって、血の生臭い匂いがした。

「…………」

怖い。帰りたい。

帰りたい……どこに？

わからない。とにかく、安心できる場所にいきたい。

「……急ごう」

俺は恐る恐るトンネルを進んでいく。

思ったよりモンスターがいなかった。

「こ、これなら上手くいけば、脱出できるかも……」

そのときだった。

ヒュッ……！

何かがとてつもない速さで、俺の前を横切った。

ボトッ……。

「え……？」

俺の足元に何かが落ちている。

何だろうと思って……そして、気付いた。

「あ……ああ……!!」

それは、俺の片耳だった。

自覚した瞬間、凄まじい痛みを、俺の右側頭部から感じる。

「ぎゃぁあああああああああああ!!」

俺は失った場所に手をやる。

血が……血がもれてる。

「耳がぁ！　みみがぁあああああああああああ！！！」

「キシッ……！　キシシッ……！」

何かが笑う声。だがそれどころじゃない。

血が。血が出てる。やばいくらい。

耳が取れて……え、これ戻るの？　戻らない、戻るわけがない！

落ちた耳を拾おうと、手を伸ばしたそのときだ。

ヒュッ……！

ボトッ……！

「あ、あぁああああああ！」

伸ばした手の指が、中指と薬指が切断されたのだ。

「あがぁあああああ！　あぁあああああああああああああ！」

俺はその場に無様に転がる。

ちょうどそのとき、目が合った。

「キシッ……！　キシシシッ……！」

それは一つ目の小さな悪魔だった。

コウモリの翼をはやした、小人のようだ。

その手には、小さな鎌が握られている。

「か、【鑑定】……」

『単眼悪魔《グレムリン》（S）』

『↓迷宮に生息する小型悪魔。攻撃力は低いが、スピードは随一。手に持った鎌でエサをいたぶって殺して食う』

「え、Sランクのモンスターだと⁉」

鑑定スキルは、希少度合い以外にも、モンスターの強さを測ることもできる。

最低がFで、最高がS。

最高ランクの強さのモンスターがいるということだ。

「キシッ……！　キシシッ……！」

単眼悪魔は凄まじい速さで飛び、俺の体を切りつけてくる。

「うがぁあああああああああ‼」

俺は腕をめちゃくちゃに振る。

だが一発たりとも、悪魔に攻撃が当たらない。

「クソッ！　くそぉ！」

俺は逃げることしかできなかった。

その場から脱出を図ろうとするが、悪魔の方が早い。

腕や足の血管を狙って、鎌で切りつけてくる。

「くそ……！　いたぶりやがって……！　ちくしょお！」

俺はふらつきながらも、精一杯逃げる。

……無様だった。

英雄物語の主人公なら、ここで秘めたるチカラが覚醒してもいいところだろうに。

俺には何の力も無い。

相手の力量をただ測ることしかできないなんて！

すると……ふっ、と悪魔からの攻撃が途絶えた。

「な、なんだ……？　どうして攻撃してこないんだ……？」

そこで、俺は気付いた。

「ギシュゥルルウゥウウウ…………」

「あ……あ……」

そこにいたのは、人の倍くらいある、巨大な熊だった。

「か、【鑑定】……」

『死熊《デス・ベア》（Ｓ）』

『↓迷宮に生息する巨大な熊。その一撃は必殺の一撃。巨岩を易々と砕く腕力と、迷宮の硬い壁を引き裂くほどの鋭い爪が特徴』

ど、どうしてこんな、Ｓランクモンスターばかりがいるんだッ！

「ギッシャァアアアアアアアアアア！」

死態が腕を振り上げて、思い切り振り下ろす。
ザシュッ……！
……その瞬間、俺は視界を失った。
「へぁ……？　ふ、へぇ……？」
情けない声。
鋭い痛みとともに、俺は気付く。
「ああぁっぁああああああ目が！　目がぁあああああああああああああ！！！」
死態の爪の一撃で、俺は目を潰されてしまったようだ。
右はかろうじて見える。けど、左は完全に潰れていた。
顔面に？　顔面に攻撃を受けたのか⁉
視界が潰されて前がまともに見えない！
いやだ！　怖い！　助けてくれ！
「ギシャアアアアアアアアアアアア！！！」
どっ……！　と俺の腹に、凄まじい衝撃が来る。
どうやら死態に殴られたのだろう。
次いで、背中に激しく何かがぶつかる。
壁に激突したのか？　わからない？
目が見えなくてわからない。

「た、たすけ……だれか……だす、け……」

俺は無様に地面に転がり、助けを呼ぶ。

だが……わかっている。

誰も……助けてくれないってことは……。

「ギシャアア！　ギシャアアアアアアアアアア！」

見えずとも、死熊がよだれを垂らしながら、俺に向かって歩いてくるのがわかる。

恐怖と絶望で、体に全く力が入らない。

「やだ……死にたくない……こんなところで……死ぬのは、や……だ……」

血を失った俺は、そのまま意識を失いかけた、そのときだ。

「まったく……。【あの子】が助けてくれと懇願するから、しかたなく、人間ごときを助けるんだからな？　勘違いするなよ、小僧」

突如として、通路内に突風が吹いた。

ザシュッ！　と、鋭利な刃物で、肉を切り裂いた音がした。

「ギ、シャア……」

何が起きたのだろう。俺は無理やり、右目を開けてみる。

「……へ？　頭が、ない？」

死熊は、頭部を失っていた。首は鋭い刃物か何かで切断されたような跡がある。

ぐらり……と死熊はその場に倒れこむ。

「な、なにが……起きて……？」

「風の魔法で蹴散らしてやったわい」

通路の奥に、誰かがいた。だが視界がぼやけて、姿が不鮮明だ。

「助、かった……」

命があることに安堵《あんど》した俺は、緊張の糸が途切れ、気を失ったのだった。

☆

「おい小僧。さっさと起きんか！」

「え……？」

俺が目を開けると……って、目を、開ける？

「は……？　え……？　なんで……どうして……」

死態に襲われたんじゃ……？

そのときだ。

「……あ、あの」

ふわり、ととても良い匂いがした。

爽やかで、けどどこか甘い、果実みたいな香り。

となりを見て……俺は、言葉を失った。

「…………」
とてつもなく美しい、少女だった。
長くつややかな金髪。
真っ白な肌に、翡翠《ひすい》の瞳。
無駄な脂肪はいっさいなく、ほっそりとした手足。
しかし胸部はふっくらと豊かだった。
白いワンピースが、胸の部分だけ膨れ上がっている。
流れるような金髪から、少し尖《とが》った耳がのぞく。
人間離れした美貌のその子は、おとぎ話の妖精のようだった。
「あの……ど、どう、ぞっ」
彼女の手には、ティーカップが握られていた。
訳がわからなかった。
死にかけていたのは？　この目の前の少女は？　どうして俺は目が見えるんだ？
「おい小僧」
逆側を見やると、そこには小さな女の子がいた。
短い銀髪。メガネをかけている。
金髪の美少女と比べると年齢が低そうだ。
神経質そうな顔つきに、長い耳。

白いローブに身を包んだ彼女は、魔術師のようであった。

「ウチの娘が貴様のために入れたお茶だ。さっさと飲むがよい」

「は、はぁ……どちら様、ですか？」

「良いから飲め。まったく……【ユーリ】はこんな男のどこを気に入ったのか……」

ぶつぶつと銀髪幼女が悪態をつく。

わけわからねえ。

「あの……冷めないうちに、ど、どうぞ……」

金髪の少女が、俺にカップを渡してきた。

「あ、ああ……」

とりあえず喉も渇いていたので、俺は一口飲む。

「……うめえ」

不思議なことに、飲むと高ぶっていた気持ちが静まっていくのがわかった。

「……それ、は。良かった、です」

ほっ……と少女が微笑む。

な、なんだろう……とても可愛いぞこの子……。

「おい」

ゲシッ、と幼女が俺の背中を蹴る。

「うちの子に変な気を起こすなよ。消すぞ？」

「……や、やめて。乱暴、し、ないで」

「ユーリ……わかったよ……」

どうやら金髪美少女は、ユーリという名前らしい。

そこでようやく、俺は、またあの世界樹の根元にいることに気付いた。

「……あんたたちが俺のことを、助けてくれたのか？」

あの窮地を自力で脱出できたとは思えない。

そう言えば死態を倒した女の声が、この銀髪幼女と同じような気がした。

「ふんっ！　わしは貴様なんぞ、助けたくなかったわい」

幼女が顔をしかめる。

「ユーリにどうしても、おまえを助けてくれと懇願されてな。仕方なくあのモンスターを消し飛ばしてやったのじゃ。ユーリに深く感謝しろ」

「わたし……は、なにもしてない……よ？」

「おぬしが言わなかったらわしはこやつを見捨てていた。おい小僧、さっさとユーリに感謝しろ。土下座しろ。海よりも深い感謝を捧《ささ》げろ。あ？」

銀髪幼女がすごんで言う。

「ど、どうもありがとう……その、ユーリ」

「……ぃぇ」

ユーリは顔を真っ赤にして、もじもじしだす。

ゲシッ！

「いってぇ……なにすんだよ」

「娘を呼び捨てにするな。不愉快だ、消すぞ？」

「か、勘弁してくれ……。てゆーか、あんた誰だよ。ユーリの母親とか？」

「似たようなものじゃ。わしは【ウルスラ】。世界樹の守り手である」

「守り手……？」

ウルスラは、今なお光り輝き続ける世界樹を見上げる。

「この世に九つある世界樹。その木が安らかに、枯れるまでの一生を送れるよう、傍らで彼女らを見守り、時に外敵から守る存在……それが、われら守り手じゃ」

「九つ？　世界樹は、九本もあるのか？」

「……口が滑った。貴様、今聞いたことは忘れろ。さもなくば消す。物理的に」

「な、なにをですか？」

「記憶とか存在とか、まあいろいろじゃな」

にやり、と邪悪にウルスラが笑う。

「だ、黙ってます……絶対」

「賢明じゃな」

ふぅ、と俺は安堵のため息をつく。

「ウルスラたちは、ここに住んでいるのか？」

「ああ。小僧が生まれるずっとずっと前から。この子がこの地に根を張ったときから、その根元で生活しておる」

ウルスラがユーリを指さして言う。

「この子は人間だろ」

「……違う。ユーリはこの世界樹そのものだ。正確に言えば、世界樹の意思だな」

「木の意思……？」

「貴様の小さな頭でもわかるように言い換えるなら、ユーリは世界樹の精霊だ」

なるほど……精霊か。

「どうりでキレイなはずだ……」

「……あ、う。あうあう」

ユーリは顔を真っ赤にして、目をグルグルと回す。

「おい」

ゲシッ！

「うちの子に色目使うな。せっかくやった【目】が汚れる」

「目……そ。そうだよ！」

俺は慌てて、自分の顔を触る。

潰れたはずの左目が、ちゃんとそこにあった。

「どうして俺、目が見えてるんだよ！　そ、それにケガも治ってるし……！」

「ケガは世界樹の雫で治した。ただ完全につぶれた左目は治せぬ。だからわしが作った」

「作ったって……目を？」

ウルスラがうなずく。

「世界樹《わがこ》のチカラの一部を加工し、目を作った。いわば【精霊の義眼】じゃ」

「精霊の……義眼」

「あの子が頼んだのじゃ。自分の力を貴様に与え、目が見えるようにして欲しいとな」

俺は、感謝の念はもちろんのこと、それよりも、疑問が口に出た。

「どうして……そこまでしてくれたんだ……？」

ユーリは微笑んで返す。

「あなた……は。わたし……に。ありがとうって、言ってくれた……から……」

「え……？　そ、そんなこと……言ったっけ？」

こくこく、とユーリがうなずく。

そう言えば世界樹に対して、命を救ってくれたことに感謝の言葉を述べた気がした。

ユーリはこの木の精霊。つまり、俺の声を聞いていたのか。

「この奈落に落ちてくるものは、まずいない。が、ゼロではない。そやつらはみなユーリが助けておるのだが、誰一人として感謝の言葉を述べず、それどころか、ユーリが世界樹だとわかると、無遠慮に枝や葉をむしっていく不埒者《ふらちもの》どもばかりでな」

ウルスラが不快そうに顔をゆがめる。

そう言えば世界樹の枝葉は、高値で売られているとギルドで聞いたことがある。

「ゆえにおぬしの感謝の言葉が、うれしかったそうだ」

「そうか……だから、助けてくれたんだな。二度も助けてくれて、本当にありがとう」

俺は命の恩人に深い感謝を捧げた。

ユーリは顔を真っ赤にすると、長い耳をピコピコと動かす。

もじもじ体をよじって、ウルスラの背後に隠れてしまった。

「さて、命も助かったことだし、小僧。とっととこの地を去るが良い」

しっし、とウルスラが野犬を追い払うように手を振る。

「お、おかーさんっ。お外……あぶ、ない。この人、死んじゃう……」

「ま、そうじゃろうな。この隠しダンジョンはSランクのモンスターがうじゃうじゃいる。こやつ程度のチカラでは、一歩出ただけで即死じゃろうな」

ウルスラの言うとおりだ。

現に俺は死態に殺されかけた。

彼女たちが救ってくれなかったら、死んでいた。

「だがわしらには関係ないじゃろ、こんな下等生物ひとり死んだところで」

「よく……ない！」

ユーリが強い口調で言う。

「おかーさん……なんとか、なら、ない？」

「わしは守り手の掟《おきて》で、世界樹から一定距離以上離れられぬ。まあ転移の魔法はあるにはあるが、それは術者を転移させるものであって、こやつを外には送れない」

「そ、そんな……」

しゅん……とユーリが表情を暗くする。

「ゆ、ユーリ。そんな顔をするでない。そこまで……こやつのことが……」

ウルスラは俺を見て、はぁ……っとため息をつく。

「……わかった。ではこうしよう。わしが小僧を鍛える。ここを自力で出れるくらいまで強く育てる。これでどうだ？」

ま、マジか……。

俺は、ここを、生きて出れるのか！

「おかー、さんっ。あり……がと……♡」

ユーリは喜色満面で、ウルスラに抱き着く。

すりすりとほおずりしながら、涙を流していた。

「まあ……ほかでもないおぬしの頼みだからな……。小僧、感謝しろよ」

「ああ！　ありがとな、ウルスラ」

「違う！　ユーリに感謝しろと言うのだ！　学ばない奴だな！」

「す、すまん。ありがとう、ユーリ」

ユーリは顔を赤くすると、母親の後ろに隠れてしまった。

はぁ、とウルスラがため息をつく。

「貴様は世界最強最古の賢者から直々に手ほどきを受けるのじゃ。泣いてユーリに感謝しろよ」

かくして、俺は脱出のために、賢者ウルスラのもとで修行することになったのだった。

3話　鑑定士は修行する

奈落を脱するために、賢者ウルスラに稽古をつけてもらうことになった。

ウルスラは最強の魔術師だ。

Sランクの死熊《デス・ベア》を一撃で倒せるほどである。

いったいい、どんな訓練を受けさせてもらえるのか、不安よりも期待の方が大きかった。

やってきたのは、俺が死にかけた、あの通路。

「あのぉ……ウルスラさん？　修行は……？」

「ちんたら座学からやってたら、いつまでも貴様が外へ行かぬからな。最短で強くしてやる」

ウルスラが通路の奥を指さす。

「あれを見よ」

先程まで明るいところにいたせいか、明かりのないそこは真っ暗な空間が広がるばかりだ。

「なにも見えないんだけど……」

「愚か者。貴様自分の目が誰の目かわかっているのか？　恐れ多くも精霊核の一部が埋め込まれているんだぞ？」

精霊核とは、精霊の力の源のことらしい。

ユーリは俺にその力の一割を分けてくれたそうだ。ありがたいことだ。

「数刻前とまるで別人の目を手に入れた。見える物もまた変わってくる」

「と、言ってもなぁ……別に前と変わらんぞ」

「それは貴様に、精霊の目を手に入れた自覚がないからだ」

「自覚……か」

俺は左目に触れる。

ここにはユーリの精霊核が収まっている。

自覚どうのこうのという話は、正直よくわからない。

けれど、これだけはわかる。

優しいあの子に生かされて、俺は今、ここに立っている。

その子が、俺のために譲ってくれた、大切な物が今ここにあるのだと。

そのときだった。

薄暗かった通路が、突如、昼間のように明るくなったではないか。

「な、なんだこれ……？」

「精霊の目が貴様に馴染《なじ》んだのだろう。これでやっと訓練が開始できる。ほれ、前を向け」

ウルスラは足元の石を拾って、迷宮の天井めがけて放り投げる。

その石が、天井にぶら下がっていた単眼悪魔《グレムリン》に当たる。

単眼悪魔は、ぎょろりと大きな目を俺に向ける。

「さぁ来るぞ。あの敵の動きをすべて避けきる。それがステップ一だ」

翼を広げ、俺めがけて凄まじい速さで飛ぶ。

俺の周りを上下左右に高速で飛翔《ひしょう》する。

そうやって俺をいたぶっているつもりなのだろう。なめやがって！

しかし奴の動きは、まったく目で追えない。

翼の羽ばたく音から、かろうじて敵が動いているとわかる程度だ。

「こんな素早い敵の動きを、どうやって避ければいいんだよ！」

「貴様には【鑑定】があるのだろう？」

「あるけど……だからなんだよ？」

「人間の目でできる【鑑定】と、精霊の目でできる【鑑定】は異なるということだ。ほれ、動きを鑑定してみよ」

動きを……鑑定だって？

俺の鑑定能力は、物体、モンスターの情報しか読み取れないっていうのに……。

いや、でも、もしかして……。

「か、【鑑定】！」

スキルが発動し、俺の目の前に魔法陣が浮かび上がる。

『単眼悪魔の動き（Ｓ）』

『↓右耳を狙って、高速で飛翔し、手に持った鎌で切りつける』

よ、読み取れた！

ザシュッ……！

「いってぇえええええええええええ！」

俺はその場で転がる。

右耳に、鋭い痛みを感じた。

見やると、地面に俺の右耳が落ちている。

どうやら単眼悪魔に攻撃されたらしい。

「いってえ……けど、鑑定したとおりだ……」

やつは確かに、鑑定結果が示した場所を狙ってきた。

単眼悪魔はまた同じように、超高速で飛び回っている。

「精霊の目を手にしたことで、いろんなものを鑑定できるようになっているのじゃ」

「な、なるほど……てか、いってえ……」

ウルスラが懐から革袋を取り出し、俺の頭の上でかたむける。

ちょろちょろ……と水みたいな物が、俺の頭にかかる。

すると……取れた耳が、まるで逆再生するかのようにくっついた。

「ユーリより世界樹の雫《しずく》をあずかってきた。これでどれだけ貴様が傷つこうと全回復する」

「つ、つまりそれって……」

「文字通り必死になって技を極めよ。いくらぼろぞうきんになろうと全回復してやる。体で精霊の鑑定能力を身につけよ」

できればもっとお手軽に能力を身につけたかったんだが……。
いや、そんな甘い話はないのだ。
「ギシシッ！　ギシッ！」
単眼悪魔《グレムリン》が笑う。
また俺に攻撃するのだろう。
「【鑑定】！」
『単眼悪魔の動き（S）』
『↓左足を狙った鎌攻撃』
……狙いはわかっている。
だが俺の反射神経が並であるせいで、さっきは避けられなかった。
せめて来るタイミングがわかれば……いや！
「【再鑑定】！」
『左足を狙った鎌攻撃（S）』
『↓五秒後に、左足を狙う』
よし！　やっぱりそうだ。
鑑定は一体につき一情報だけ。
だが人間の尺度で考えてはいけないんだ。
動きが鑑定できたんだ。

ならそこからさらに、タイミングだって鑑定できるはず！

「ギシッ！」

ひゅっ、と素早い鎌攻撃が、五秒後に、左足めがけてやってきた。

だがタイミングも、狙いもわかっているのなら！

「オラッ！」

俺は大きく右にジャンプする。

すかっ……！

「ギシッ⁉」

単眼悪魔は、俺が攻撃を避けたことに驚いているみたいだった。

「へへっ、どーよ！」

「ギシッ！！！」

ザシュッ……！

怒った単眼悪魔が、また俺の耳を狙って攻撃してきた。

「いってぇえええええええええ！」

「……まったく、一度避けただけで油断しよって。阿呆《あほ》が」

ウルスラがため息をついて、俺に全回復の雫をかけてくれる。

「今やったように、敵の動きと攻撃のタイミングを、呼吸するかの如く鑑定できるようになれ。さすれば貴様は、最強の回避能力を手にするであろう」

ウルスラの言葉を聞いて、俺の心は躍った。

最弱の俺が、この賢者の修行を経て、強くなれるかもしれないという可能性を見いだせたからだ。

「よし、やってやるぜ！　避けまくってやる！」

何度だって傷つきながら、最強の回避能力を手に入れてやる！

☆

単眼悪魔《グレムリン》相手に、回避訓練をすること、一週間ほど。

世界樹のホールの外、通路にて。

俺は単眼悪魔と相対していた。

「ギシシッ！」

天井にぶら下がっていた単眼悪魔が、攻撃を仕掛けてくる。

「【鑑定】」

『↓二秒後に右目を狙った鎌攻撃』

スカッ。

「ギシィッ！！！」

『↓二秒後に右足を狙った鎌攻撃』

スカッ。

「ギッシャアアアア!!」

『↓フェイント織り交ぜ、五秒後に本命の、左目を狙った鎌攻撃』

スカッ。

単眼悪魔の攻撃を、息をするかのように、完璧に避けきれるようになっていた。

「どうだウルスラ！　これなら文句ないだろ！」

ザシュッ！

「いってぇえええええええええ！」

意識をウルスラに向けた瞬間、俺は単眼悪魔からの攻撃を受けた。

右耳が取れるのも、もう何度目か。

ウルスラはにやにやしながら、右耳を戻してくれた。

「やはり痛みがあると覚えが早いのう。犬の訓練と一緒で」

「い、犬と一緒にするなよ……それよりどうよ、俺の回避力？」

「まぁ、及第点だな。次の修行に移ろう。次は単眼悪魔を撃破してみせよ」

ウルスラが天井にぶらさがる単眼悪魔を指さす。

「撃破って……俺は戦闘系の職業《ジョブ》じゃないぞ」

「わかっている。技能《スキル》に頼らず、その目を頼ってどうにかせいという修行じゃ」

「目を頼るって言ってもなぁ……。武器もないんじゃどうしようもないよ」

「……仕方あるまい。おい、小僧。これを使うがよい」

ウルスラは何らかの魔法を使うと、その手に【木刀】を出現させた。

ずいっ、と押し付けてくるので、それを手にする。

薄く、翡翠《ひすい》の色に発光している。手に持っているだけで気力が充満してきた。

ただの木を加工して作った木刀ではなさそうだ。

「な、なんかこれ……すごくないか？」

「当然じゃ。これは世界樹の枝、それも特別に魔力が濃い部分の枝を使い作ったものだからな」

「ユーリの……？　いいのか？」

「良くない。が、ユーリがな、おぬしの力になりたいと言って、わしに渡してきたのじゃ」

命を救われただけでなく、あの子には色んなことをしてもらいっぱなしだ。

「ありがとう、ユーリ」

「貴様……ユーリが痛いのを我慢して作ってくれた木刀だ。折ったら貴様の体をへし折るからな」

「わかってるよ。大切に使う」

とにかく、俺は武器を手に入れた。

あとはこれで単眼悪魔をぶったたくだけだ。

「ギシシッ！！！」

『↓三秒後に右足を狙った鎌攻撃』

そう、敵が来る場所がわかっているのだ。

そこめがけて、あとはこっちが攻撃を食らわせれば良い！

「なんだ簡単じゃん。そりゃ！」

ひゅんっ！

スカッ……！

……俺の攻撃が、空を切った。

「あれ……？　なんで……？」

「いくら敵の来るタイミングがわかっても、おぬしの剣が遅いと当たらないぞ」

「どうやったら当たるんだ？」

「自分の頭で考えろ」

ウルスラはそれ以上助言せず、後ろで俺を見張る。

「しかし……どうすっか」

攻撃のタイミングはわかる。

どこを狙ってくるかもわかる。

「ならカウンターは入るんじゃないか？」

たとえば、やってくる場所にただ木刀を構えておけば、攻撃を喰《く》らうのではなかろうか。

さっそく試してみることにする。

天井にぶら下がる単眼悪魔めがけて、俺は小石を投げつける。

「ギシッ……！」

『↓二秒後に右目を狙った鎌攻撃』

一……二……！

俺は木刀を右目があった場所に構えておく。

スカッ……！

「クソ……避けられた」

当然ながら向こうも考える頭がある。

目の前に障害物があったら、それを避けるだろう。

「もっと相手の動きを完璧に読み切って、ギリギリで構えないと……」

結局のところ、俺は敵の攻撃の当たる場所とタイミングだけがわかっているに過ぎない。

相手の動きが目で追えてない。

そのせいで、予測してない動作を相手に取られると、対処ができなくなる。

「……いや、まてよ。ウルスラが、俺の目は精霊の目だって言ってた。人間と精霊では見えてる物が違うって言ってたな……」

なら攻撃が来る場所とタイミング以外も、鑑定可能なのでは？

たとえば、動きの完璧な軌道とかも、鑑定できるんじゃないか？

「ものは試しだ。よしこい！」

「ギシシッ！」

……俺は単眼悪魔めがけて、言う。

「鑑定……いや、【超鑑定】！」

俺の言葉に呼応するように、スキルが発動。
いつも浮かび上がる魔法陣の図形が、より複雑な模様を描き、脳内に情報を伝達する。
『単眼悪魔の完璧な攻撃の軌道（S＋）』
『↓左足を狙った鎌攻撃の軌道』
すると単眼悪魔が、すごくゆっくりと、動いていた。
鑑定スキルと、精霊の目。
その二つが合わさることで、こんなこともできるのか。
単眼悪魔が、あくびが出るくらいゆっくりと、俺の左足をめがけて、攻撃してくる。
これだけゆっくりなら……！　当たる！
攻撃が当たるギリギリを狙って、悪魔の頭めがけて、木刀を振るった。
手に衝撃を感じた。
その瞬間、世界がまた元の時間の流れに戻った。
「ぎしぃ……」
単眼悪魔が、俺の前で倒れていた。
やがて……絶命する。
「はは……やった……」
あの速さで、カウンターの一撃を食らったんだ。やられて当然だ。
「Sランクモンスター……倒しちゃったよ……」

俺はその場にへたり込む。

「どうだ、ウルスラ！」

「ふん。まあまあだ。しかし一度成功したくらいでなんだ。アレを見よ」

ウルスラが天井を指さす。

奥には、まだ数え切れないほどの単眼悪魔たちがいた。

「こ、こんなにいたなんて……気づかなかった」

「わしが結界を張っておいて、ほかのやつらを寄せ付けぬようにしておいたのじゃ」

そうか、ウルスラは一対一に集中できるように、魔法を使っていてくれたんだな。

「とりあえず、この辺一帯にいる単眼悪魔すべて倒せ。それから次の修行じゃ」

「おうよ！　やってやらぁ！」

☆

単眼悪魔《グレムリン》相手にカウンターを入れる修行をすること、三日。

「ぜえ……はぁ……ど、どうよ！」

俺の周りには、単眼悪魔《グレムリン》の死体の山が転がっていた。

「もう完璧にカウンター入れられるようになったぜ！」

「ふん。精霊の目を持っているのだ。それくらいできなければおかしいわい」

銀髪幼女《ウルスラ》は不満そうに頬を膨らませていた。

ちなみに地下での寝泊まりは、ホールで行っている。

「では次の修行だ。この死体から、単眼悪魔の動きを鑑定し、自分の物とせよ」

ウルスラが単眼悪魔の死体を指さして言う。

「……はぁ？」

「モンスターには【能力《アビリティ》】というものがある」

「アビリティ？」

「人間が後天的に【技能《スキル》】を身につけるように、モンスターは生まれ持って能力《アビリティ》を保有している」

俺たち人間の【技能《スキル》】の、モンスターバージョンみたいなものか。

「精霊の目を貴様は手に入れた。人間では見えなかった物が見えるようになった」

「つまりこのモンスターの能力《アビリティ》も鑑定できるようになった訳か。けど……鑑定したところで、だからなんだ？」

「良いか？　鑑定とは、相手の情報を見抜き、把握する……自分のものにすることじゃ」

まあ確かに、鑑定することでモンスターの名前やアイテムの希少度合いという情報を読み取って、自分の知識《もの》にしているな。

「人間の目は単に情報を読み取り、知識として蓄積するだけじゃ。じゃが精霊の目は読み取った情報を、完全に自分の【経験】にすることができるのじゃ」

「え？　それって鑑定した能力を、自分の物にできるってこと？　精霊の目ってすげえんだな！」

「ふふん、そうじゃろう？　ユーリはすごいのじゃ！」

ウルスラ、すごい笑顔だ。

彼女にとってユーリは娘だと言ってたしな。自分の娘が褒められてうれしいのだろう。

「では小僧、やってみるのじゃ」

俺は単眼悪魔《グレムリン》の死体の前にしゃがみ込む。

「【超鑑定】」

『単眼悪魔の能力《アビリティ》（S＋）』

『↓【超加速】（S＋）』

その瞬間……。

俺の頭の中に、単眼悪魔《グレムリン》の体の構造、体の動き……つまり、能力《アビリティ》がたたき込まれる。

「がぁあああああああ！　いってぇえええええええええええ！」

凄まじい量の情報を、脳内に直接ぶち込まれたのだ。

すげえいってえ……。

しばらく俺はその場で無様に転がることしかできなかった。

やがて、頭痛が引く。

「ぜえ……はぁ……こ、これで単眼悪魔《グレムリン》の能力が、手に入ったのか……？」

「試してみるが良い」

俺は立ち上がる。

「【超加速】！」

今、把握したばかりの、単眼悪魔《グレムリン》の素早さを……再現する。

……俺は、風のように、速く走れた。

それは、単眼悪魔の速さそのものだった。

「で、できた……って、いってぇえええええええええええ！！！」

俺は無様にその場に倒れ込んだ。

「体……体超痛《いて》え！　足が！　いや全身の筋肉が！　いった！　腱《けん》とかもぶちっていってる！」

「単眼悪魔の動きをマネできても、速さに体がついていかないのだ。体が壊れて当然じゃ」

「どうすりゃいいんだよ……」

ウルスラは俺のとなりに立つと、革袋を傾ける。

ドボッ……！　と俺の顔に、全回復できる世界樹の雫がぶっかけられる。

ちぎれた筋繊維が完璧に治った。

「……な、なおった？」

「ユーリに感謝しろ。貴様の力になりたいと、雫を大量に提供してくれている」

「そ、それって……つまり？」

「体が単眼悪魔の動きに耐えられるようになるまで、ひたすら走りまくれ。筋繊維はちぎれて治るたびに強くなるというしな」

ま、マジっすか……。

あの爆速ダッシュを何十何百って繰り返すわけ……？

「ランニングは運動の基礎。繰り返せば、超加速の速さだけでない、どんな動きにも耐えきれる強《きょう》靭《じん》かつしなやかな筋肉が手に入るだろう。ほれ、立ち上がれ。ぼさっとするな！」

俺はふらふらと立ち上がり、何度もダッシュを繰り返す。

何度も筋肉をぶちぶちに断裂させ、雫で筋肉を無理やり超回復させる。

「……鬼だ。悪魔だ」

マジなんでこんなスパルタなわけ？

「泣き言言う暇があるなら走らんかい！」

「くっそぉおおおおおおおお！」

……しかし繰り返すごとに、俺の筋肉と腱は、確実に、強くなっていったのだった。

☆

ランニングを繰り返すこと数日。

ダンジョンの通路にて。

「ふと思ったんだけど、死態から能力をコピーすればあの怪力ゲットできるのか？」

「理論上ではな。じゃが無理じゃ。倒した敵でないとコピーは使えぬ」

「そりゃどうして？」

「さっきの凄まじい頭痛を忘れたのか、貴様？」

「あー……なるほど」

単眼悪魔から能力を読み取った後、俺は激しい頭痛に見舞われ、まともに動けなくなっていた。

「あんな隙だらけじゃ……反撃喰らうわな」

「そうじゃ。だから、コピーをするなら確実に反撃が来ない相手……つまり、倒した相手からコピーするしかないじゃろう」

「なるほど……いずれにしろ生きてる死態からコピーは無理か。けど……ここを出るなら、俺はあいつを倒さないといけないんだけど、どうすればいい？」

するとウルスラが、非常に不愉快そうに、顔をしかめる。

「貴様に、特別に、わしの能力をコピーさせてやる」

「なんだって？　ウルスラに能力なんてあったのか？」

ウルスラが右手を差し出す。

なんだ……と思った次の瞬間。

ボッ……！　と彼女の手から炎の球が飛び出た。

それが俺の体にぶち当たる。

「あっちぃいいいいいいいいいいいいいいいいい!!」

俺は【超加速】で走り、体についた火を消す。

超速で動いたことで、火が消えた。

「なにすんだよ！」

「わしの能力を見せただけだ。鑑定はできたか？」

「できねえよ！　死ぬかと思ったわ！」

「この程度で死ぬわけなかろうが。さて、さっきわしは【詠唱破棄】という能力を使った」

「えいしょうはき……？」

「端的に言うなら、魔法を呪文も使わず、念じただけで使えるようになる能力じゃ」

「す、凄まじいなそれ……」

通常、魔法を使う場合、呪文の詠唱が必須となる。

長い呪文を唱える必要があるため、魔法使いは戦闘中、どうしても隙ができてしまう。

だから彼らは、仲間たちに守られ、後から魔法を使うのが常道だ。

「あんな風にゼロタイムで魔法が使えたら……最強じゃん！」

こくり、とウルスラがうなずく。

「【詠唱破棄】を、そしてわしの使った火属性魔法【火球】をさっさと鑑定《コピー》しろ」

「え……？　ま、まさか……もういっかい、やる気？」

「無論じゃ。ほれさっさと鑑定せよ」

ボッ……！　とウルスラがまた手から炎を出す。

「ちょ、【超鑑定】！」

『ウルスラの能力（S＋）』

『↓詠唱破棄（S＋）』

「いってぇえええええ！　あっつぅううううううううう！」

頭痛、そして魔法の炎が、俺にダブルで痛みを与える。

バシャッ……！　とウルスラが、俺に世界樹の雫をかけてくれた。

火傷は引いたが……しかし頭痛は引かなかった。

ややあって、俺は立ち上がる。

「魔法を鑑定《コピー》できたか？」

「いや……詠唱破棄だけ」

「そうかそうか！　それじゃあもう一発！」

ボッ……！

『ウルスラの魔法（S＋）』

『↓【火球】（E）』

「あっつぅううううう！　いってぇえええええええええええええ！」

俺はまた痛みでその場に転がる。

バシャッ！　とウルスラが、俺に世界樹の雫をぶっかける。

「ほれほれまだ魔法を一つ鑑定《コピー》しただけじゃぞ？　わしは賢者。無数に魔法を覚えておる。特別にその全てをおぬしに伝授してやろう」

「おい！　わざとやってるだろ！」

「わしはユーリに頼まれて貴様を強くしてるだけじゃ。別に鬱憤を晴らしてるわけじゃない」

とか言いつつこの賢者、にやにやと意地悪く笑っていた。

くそっ！　鬱憤を晴らしてるな！

「ほれ、次は風魔法を鑑定《コピー》させてやるぞ」

彼女が腕を振ると、風の刃が、俺に襲い掛かってくる。

『ウルスラの魔法（S＋）』

『↓風刃（E）』

また一つ魔法を覚えた。

鑑定しただけでどんどんと魔法を覚えるのは、良いんだが……。

そのたびに、俺は頭痛と、そして魔法によるダメージを受けたのだった。

☆

ウルスラから魔法をコピーしてから、数日が経過した、ある日のこと。

俺は、世界樹のホールにいた。

世界樹《ユーリ》から遠く離れた、ホールの壁の付近にて。

「よ、よし……いくぞ……」

【詠唱破棄】能力を使用。

火属性魔法、【火球】を使用する。

ボボボッ……！

俺の両手から、火の玉が無数に出現。

それはホールの壁へ飛んでいき、激突する。

ちなみにこの壁は、ウルスラがまじないをかけているらしく、とても頑丈にできてる。

いくら魔法で攻撃しても、傷一つつかない。

「がは……！　も、もうだめだ……」

魔力がつきて、俺は背後に倒れる。

魔力量の多い少ないは、【職業《ジョブ》】によって異なる。

俺は魔法職の【職業】ではないので、総量は平均値以下だった。

この修行初日は、火球一発打つだけで、魔力切れを起こして倒れてしまったな。

「ふん。十五発で倒れよって。軟弱者め」

「アイン……さん。おつかれ……さまです♡」

ユーリはしゃがみ込んで、俺の頭上に手のひらで皿を作る。

そこへこんこんと、全回復能力のある、世界樹の雫が湧き出る。

手を傾けると、俺の顔に、世界樹の雫が当たる。

その瞬間、魔力が全回復。

「いつもありがとな、ユーリ」

「え、えへへへへ……♡」

かぁ……っとユーリが顔を真っ赤にして、耳をピコピコさせる。

「おい続きやるぞ！　なにぬるい修行をしておる。一度に全部の魔力を一気に吐き出せ」

「わ、わかったよ……」

火球を、全力で発射する。

ボボボボボッ！　ボボボボボッ！　ボボボボボッ！　ボッ！

一度に十五発が限度だったが、今の俺は、十六発の火球を出していた。

魔力切れを起こし、また倒れる。

ユーリがすかさず雫を垂らしてくる。

「すげえな世界樹の雫。全回復するだけじゃなくて、魔力量を増やす効果まであるとは」

「え、えへへ……♡」

「と言っても魔力がカラカラになった状態で雫をかけないと、増えないぞ」

魔法を無駄打ちしては、魔力量を増やしてもらっているって訳だ。

なぜさっさと魔法の訓練をしなかったかというと、体ができていなかったからだ。

物を拳で殴りつけると手が痛むように、魔法を撃つと術者にも反動が来る。

ここへ来たばかりの貧弱な体では、火球一発で体が壊れてしまっていたらしい。

「こんなもので死態は倒せぬぞ。もっともっと魔法を撃ってぶっ倒れろ」

「いや……結構きついって」

マジで死にそうなくらい疲れるんだよな。

だから、魔力ゼロになるまで、全力で魔法を撃つことに、抵抗を覚える。

「さっさと撃て！　千発火球が撃てるくらいまで魔力量を鍛えるからな！」

「し、死ぬって！　死んじゃうって！」

俺はすがるように、ユーリを見た。

「ユーリもウルスラに言ってくれ。もうちょっと手加減してくれって」

娘が頼めば、きっと聞き入れてくれるはず！

「アイン、さん。修行、がんばって。ふぁいとっ」

むんっ、とユーリが拳を握って言う。

「ゆ、ユーリ？」

「たく、さん修行しないと。アインさん、強くならないと、だから」

「い、いやそうだけど……さすがに千発分の魔力量はやりすぎじゃ……」

「やりすぎじゃ、ない。十分、備えないと。備え、大事」

よくわからないが、ユーリはやたらと、魔力量を増やすことを、勧めてくる。

「ほれ休むな。次は中級魔法を撃て。もう撃てるだろ」

「いや、ランクの高い魔法使うと、負荷が結構……」

「そのぶん一発で魔力を消費できるじゃろうが。ほれ打て！」

俺は中級魔法、【風裂刃《ウィンド・ストーム》】を無詠唱で使用。

風の刃の混じった竜巻が、離れたところに発生する。

「いてぇええええええええ！」

魔力が一気に吸い出され、俺は痛みでその場に仰向けに倒れる。

「わ、わたし……が！　治療します！」

すかさず世界樹の雫をかけて治療してくれる。

「あ、ありがとう……ユーリ」

「～♪」

ユーリが小さくえへへと笑う。

「……これ、良い♡　いっぱい、ありがと♡　言われる♡　えへへ♡」

「な、なんだって？」

「おい小僧！　なに休んでおる！　魔力が回復したらさっさと魔法を撃て！」

こんなふうに、俺は魔力を強化する修行をした。半月もする頃には……。

「火球」

ボボボボボッ！　ボボボボボッ！　ボボボボボッ！　ボボボボボッ！

「まじで千発も火球が撃てるようになったよ」

俺は凄まじい量の魔力を手に入れた。

そして賢者から鑑定《コピー》した無数の魔法を自在に扱えるようになった。

「これなら大丈夫じゃろう。さて、リベンジマッチといこうかの」

4話　鑑定士は強さを手に戦う

俺はウルスラとともに、死熊《デス・ベア》のもとへ向かった。

物陰から、こっそりと様子をうかがう。

「グルゥウウウ……グゥルウウウウ……」

人間を遥《はる》かに超える背の高さ。

巨人と見まがうほどの太い腕。

そして何より鋭い爪が特徴的だ。

「…………」

ごくり、と息をのむ。

なにせこっちは、初日に手ひどくやられたからな。

敗北の苦い経験が、どうしても二の足を踏ませてしまう。

「何を緊張しておるのじゃ」

はぁ、とウルスラが呆《あき》れたようにつぶやく。

「確かにおぬしはまだ弱い。だが……前よりは強くなった」

ウルスラはそっぽを向いてつぶやく。

「貴様は意外と飲み込みが良い。持っている能力を駆使すれば、きちんと勝てるだろう」

彼女は不愛想な表情のままだ。

しかし声音は柔らかかった。もしかして、励ましてくれているのだろうか。

「あんたも、褒めることあるんだな」

「うるさい。さっさと倒してこい」

ゲシッ、と俺のケツを蹴る。

相変わらず態度が厳しいけれど、どこか優しさを感じられた。

ウルスラが背中を押してくれたおかげで、緊張がほぐれた。

「よし……行くぞ！」

俺は【超加速】を発動。

以前は動くだけでブチ切れた足の筋肉も、訓練のおかげで切れることはない。

疾風のごとく、死態に接近する。

「グルゥアアアッ⁉」

突如現れた俺に、死態は驚いているようだ。

そのすきに、俺は無詠唱で【火球】を放つ。

俺の手から放たれた十個ほどの火の玉は、めちゃくちゃな方向に飛んでいった。

確かに俺は、尋常ならざる魔力量と、数多くの魔法を鑑定《コピー》した。

だが、基本的に俺は鑑定士であって、魔法職ではない。

つまり、魔法を使った経験に乏しいわけだ。

……平たく言えば、魔法を当てるのが下手っぴだった。

「グロァアアアアアアア！」

魔法が壁や床に、狙ってない場所に当たる。

だが、目くらましにはなったようだ。

「よーい……どん！」

俺は再び超加速の能力《アビリティ》を使用する。

死熊のふところへ、一直線に、凄まじい速さで走る。

「グガァアアアアアア！」

『↓頭部を狙った爪攻撃』

「【超鑑定】！」

突如として、死熊の動きがゆっくりになる。

狙う場所もタイミングも、そして動きも、完璧に見切っている。

ギリギリで死熊の攻撃を回避。

やつの目が、ゆっくりと、驚愕《きょうがく》に見開かれる。

俺は攻撃をくぐり抜け、死熊の背後を取る。

「これなら当たるだろ！　喰《く》らえ火球百連発！」

至近距離からの、【火球】を喰らわせる。

俺は魔法職じゃない。

一発の威力は、普通の魔法職が撃つ魔法と比べると、遥かに弱い。

しかし一発で倒しきれないなら、何十何百と攻撃を与えるまで！

「グルウァアアアアアアアアアアアアアア！！！」

死熊は叫び声をあげると、その場に倒れ込む。

やがて、動かなくなった。

「……勝った、のか？」

あまりにあっさりと倒せてしまったので、拍子抜けしてしまった。

「何を呆《ほう》けておるのだ」

ウルスラが後ろから近づいてくる。

「いや、なんか……本当に勝ったのかなって？」

「妙な奴だ。自分で倒しておいて、自らの力を信じられぬとはな」

はぁ、とため息をつくウルスラ。

「安心せよ。貴様はSランクを倒したのだ。胸を張れ」

彼女は口元を、少しだけほころばせた。

師匠の笑顔を見て、俺は遅まきながら、勝利を実感した。

「そうか。はは……やった……倒せたぞ！」

勝ったことにたいする喜びが、じわじわと湧いてくる。

「しゃっ！　どうだ！」

「はしゃぐでないわ。わしなら火球の一発で消し炭にできたぞ」

まあ事実そうなんだろうけどさ……。

「ほれ、さっさと死熊から能力を鑑定《コピー》するがよい。少しは強くなるだろう」

「そ、そうだった！」

俺は死熊の死体のそばにしゃがみ込み、鑑定を行う。

「【超鑑定】」

『死熊《デス・ベア》の能力（S＋）』

『↓【金剛力】（S＋）』

『↓十秒間だけ自身の腕力を超向上させる』

『↓【斬鉄】（S＋）』

『↓武器や爪の切れ味を向上させる。鉄をも切れるようになる』

死熊は二つの能力《アビリティ》を持っていた。

さすがSランク。どちらも強力な能力だ。

「あとは出くわすモンスターを倒し、能力を鑑定《コピー》しながら地上を目指すが良い」

「え……？　って、ことは？」

ウルスラがうなずく。

「訓練はこれで仕舞い、ということじゃ」

☆

一時間後。世界樹の根元にて。

ウルスラが半ギレの表情で、俺の元へとやってくる。

「おい小僧。泣いて喜べ。ユーリから貴様にプレゼントがある！」

腕を組んでふんぞり返るウルスラ。その背後に、娘のユーリがいる。

賢者の手には、美しい、翡翠《ひすい》の宝玉が握られていた。

「これは世界樹の精霊核、残りすべてじゃ」

「精霊核って……俺の義眼に使っているやつか？」

「そうだ。これを使って新しい義眼を作ってやる」

じつに嫌そうに、ウルスラが言う。

「いや……ありがたいけど、それってユーリの力の源なんだろ？　ただでさえ一割俺に分けてもらっているのに、残り全部もなんてもらえないよ」

するとウルスラが俺をにらみ付ける。

「勘違いするでない。あくまで貸すだけじゃ。貴様が死んだら精霊核がこの地に戻ってくるよう、まじないをかけている」

そんなこともできるのか、賢者って。

「ありがとうな、ユーリ。力貸してくれて」

この優しい娘は、俺がモンスターの徘徊《はいかい》する死地を行くことを、心配してくれたのだろう。

だから、力を貸してくれるのだ。

「……あう」

ユーリが恥ずかしそうにもじもじする。

「移植手術をする。目を閉じよ」

俺は言われたとおりにする。

ぽわ……っと暗闇の中に、翡翠の光が輝いた。

「移植完了じゃ」

俺は目を開く。

「別に、あんまり変わらないような」

「時間がたてば進化した精霊の義眼……いや、【精霊神の義眼】の素晴らしい性能に感謝の涙を流すだろうよ」

「精霊神の義眼……か。サンキューなユーリ。って、ユーリ？」

辺りを見回すが、あの美少女はいなかった。

「はい……♡」

すると、俺の左目がポワッ……と翡翠色に輝く。

目から出たその光は、やがて一人の少女へと変化した。

「今おまえどっから出てきたんだ？」

「あなた、の……目の中から、です♡」

何を言ってるんだこの子は……？

「喜べ小僧。ユーリが貴様についてきてくれるそうだ」

「わたし、回復……できます！　世界樹の雫《しずく》……使い放題！　お役、立ちまくり！」

ふすふす、とユーリが鼻息荒く言う。

「義眼には、ユーリの精霊核全てが移植されている。つまりその目は、世界樹と同じ。よってユーリは貴様の目に宿ることができるというわけじゃ」

「で、でもおまえはいいのか？」

ビキッ！　とウルスラの額に青筋が浮かぶ。

「いいわけないじゃろうが、このクソたわけが！」

ウルスラが鬼の形相で俺をにらみ付け、飛び蹴りをかましてくる。

ゲシッ！

「本当は大事な娘を、どこの馬の骨とも知らぬ人間にあずけたくないわ！」

「じゃ、じゃあなんでだよ……？」

するとウルスラが、ふんっ、とそっぽを向いて言う。

「ユーリは、生まれたときよりこの地にずっと、わしとふたりぼっちじゃ。友達は誰一人おらぬでな。いつもさみしがっておった」

　ウルスラはユーリの頭を撫《な》でる。

　ユーリは嬉《うれ》しそうに目を閉じていた。

「外から来るやからはロクデモナイやつらばかりじゃった。ユーリが世界樹とわかるとすぐに、葉をむしり、枝を折り……。わしは、この子が不憫《ふびん》で仕方なかった」

　ギュッと、ウルスラが歯噛《はが》みする。

　しかし、と彼女が俺を見上げる。

「貴様はそうしなかった」

　ふっ……と淡くウルスラが微笑む。

「この男にになら我が子をあずけてやれると思った。貴様は阿呆《あほ》だが善人の魂を持っておるからな。その目でユーリに、広い世界を見せてやってくれ」

　この口の悪い幼女は、見た目は幼いけど、中身は立派なお母さんなんだな。

「わかった。あんたの大事な娘さん、俺にあずからせてくれ」

　俺はウルスラにハッキリとそう言った。

「けど世界樹の精霊核を全部ぬいたら、木は枯れるんじゃないか？」

「何のための守り手だと思っておる。魔法をかけ、枯れるのを防ぐくらい造作も無いわ」

　なるほど……じゃあ心置きなく、ユーリは俺についてくることができるのか。

「おい小僧、餞別《せんべつ》をくれてやる。手を出せ」

俺はウルスラに右手を出す。

賢者は、指先に魔法の光をともす。

彼女の指が、俺の手の甲の上で動く。

それは、何か模様を描いているようだ。

「貴様の手に【無限収納】の魔法を付与した」

「むげんしゅうのう……？」

「その名の通り物体を無限に収納できる魔法の紋章じゃ。ほれ」

ウルスラが、俺に木刀を差し出す。

俺がそれを手に取ると……紋章が光り、木刀が消えた。

「どこいったんだ？」

「その紋章の中に収納された。こうやって貴様が触れ、念じれば物体を中に制限無く取り込める」

「すげえなこれ……」

俺はしげしげと、ウルスラに描いてもらった紋章を見やる。

「それから武器も新しくさずけよう」

ウルスラの手には、一本の剣が握られていた。

白金の鞘《さや》におさまった、シンプルな一品。

「これはユーリが材料を提供し、わしがこしらえた精霊の剣じゃ」

ユーリの……つまり、世界樹の枝や葉っぱから作られているのだろうか。

「魔力の根源たる世界樹を素材としている剣じゃ。魔力伝達速度はミスリルの比ではない」

「よくわからんが……すごい剣なんだな。ありがとう」

俺はウルスラと、そしてユーリに頭を下げる。

彼女は嬉しそうに笑った。

「それと、おい、しゃがめ」

「こうか？」

サクッ！

「いってぇえええええええええ！」

「か、回復し、ます！」

ウルスラの野郎、右目を剣でえぐりとりやがった！

ユーリが雫で、俺の右目のあとを治癒してくれなかったら大惨事だった。

「な、なんで目潰したんだよ……？」

「これを貴様にくれてやるためじゃ」

そう言って、ウルスラが何かを取り出す。

金色の宝玉だった。

「飲め」

ぐいぐい、と賢者が宝玉を押し付けてくる。

俺は言われたとおり、飲み込む。

すると……右の視界が正常になる。

「これはわしが直々に作った【賢者の石】じゃ。賢者《わし》の意識とリンクする、通信機のようなものでな。わしといつでも会話できるようになる」

「ええっと……つまり？」

「貴様がユーリと過剰に仲良くせぬよう、二十四時間監視してるからな」

「や、やりづれえ……」

まあでも考えようだ。

いつでもこの知識豊富な賢者様に相談できるようになったと考えれば……な。

「いろいろ手配してくれて、サンキューな」

「勘違いするな。すべてユーリのためじゃ」

ともあれ、俺は賢者から数多くの贈り物をもらった。

・精霊神の義眼（左目）
・賢者の石（右目）
・無限収納の紋章
・精霊の剣
・世界樹の精霊ユーリ

かくして、俺は地上を目指し、出発するのだった。

☆

世界樹のあるホールを出た、ダンジョン内の通路にて。

「アイン、さん♡　がんばって♡」

俺のとなりに、金髪の美少女ユーリがニコニコしながら立っている。

「おうよ。危ないから目の中入ってな」

「はい♡」

ユーリの体が光ると、俺の左目の中に吸い込まれていく。

『では脱出するぞ』

「うぉ⁉　な、なんだ……？　急に声が」

『賢者の石の効果じゃ。貴様の右目を介して情報の共有と伝達が可能となるのじゃ』

なるほど、こっちからの声も届くし、見えるものも共有できると。

「脱出って……外への通路がわからんのだが」

するると、地面に、巨大な矢印が出現する。矢印は通路の奥を指していた。

『脱出までのルートを鑑定しておいたぞ』

「鑑定能力が使えるのか？」

『無論だ。貴様の眼球とわしの意識がリンクしておるからな。遠隔でわしが鑑定を行える』

「な、なんかすごいな……というか、勝手に鑑定しないでくれよ。びっくりするだろ」

『手間を省いてやっただけじゃ。ほれ、矢印の先が出口に繋《つな》がるルートじゃ。さっさとゆけ』

「了解だ」

示してくれた方へと歩き出す。

最初は戸惑ったが、ウルスラの助力がある、ってことは心強い。

俺は確かに強くはなったかもしれないが、まだいろいろと足りない部分は多いからな。

そこを補ってくれる彼女の存在は、ユーリと同じくらい、ありがたいものだ。

ややあって。

『五分後に敵と遭遇するみたいじゃ』

「ま、待て……そんなことも鑑定できるのか？」

『無論じゃ。貴様の左目が何だと思っておる？　離れた敵の情報を見抜くことなど造作も無い』

「マジかよ……！」

というか、賢者の石と精霊神の義眼って、かなり相性良いな。

俺が知らない、義眼での鑑定方法を、賢者が代わりにやってくれるわけだからな。

「敵は？」

『毒大蛇《ヴァイパー》じゃ。巨大なヘビ型のSランクモンスター。あらゆる状態異常に対する耐性を持ち、触れたものをドロドロに溶かす【溶解毒】を使うそうじゃ』

なかなか厄介そうな敵だった。

事前に情報を仕入れていなかったら、戦いの最中に毒でやられていただろう。

「遭遇する前から、敵の情報を知れるとか……すげえなこの目」

『とっととゆくぞ。負けたら殺すからな』

『おかー、さん。怖い、こと……言わない、で！』

右手の、収納の紋章に力を込める。

手に、精霊の剣が出現する。

「おお。本当に出し入れ自由なんだな。……さて」

俺は敵が来る方を見やる。

「毒を使ってくるなら遠くから魔法で牽制《けんせい》しておくか」

『敵に魔法を当てるルートを鑑定しておいたぞ。ほれ、さっさと魔法を使え』

「マジですげえな、精霊神の義眼……！」

これで魔法が当てられない、という弱点が克服されたわけだ。

魔法職じゃないので、魔法の威力は弱いけどな。

俺は左手を前に出す。

火球を、無詠唱で放つ。

炎の球が、正確な軌道で、ダンジョンの奥へと飛んでいく。

『命中したみたいじゃな』

ウルスラは、俺の攻撃が当たったかどうか、という情報を自動鑑定したらしい。

なんという高スペックな眼だろう。

もはや神の眼だな。

『体表を覆っていた溶解毒は蒸発した。接近して倒すがよい』

「了解だ」

超加速の能力《アビリティ》を使用する。

疾風のごとく駆け抜ける。

ややあって、火傷を負った、巨大な毒蛇が見えてきた。

「シャオオオオオオオオオ‼」

毒蛇が俺に気付いていて、襲い掛かってくる。

突如、その動きが、スローになった。

『動きを超鑑定しておいたぞ』

……ウルスラが自動鑑定してくれたようだ。

「よし、いくぞ、【斬鉄】」

俺は死態《デス・ベア》から鑑定《コピー》した能力を使用する。

斬鉄は、武器の切れ味をアップさせる。

それは鉄すらも容易く切れるようになるという。

斬鉄を使用した状態で、毒蛇めがけて剣を振る。

あまりに鋭い斬撃は、毒蛇の極太の胴体を、たやすく切り裂いた。

「シャ、アオォオオオオオオ……！！！」

毒蛇は痛みでのたうち回る。

それでも俺に攻撃を加えようとしてきた。

「シャ……ギシャアアア！」

毒蛇と目が合う。

奴は突如として、しっぽを巻いて、俺から逃げだした。

「Sランクモンスターが、俺に、恐れをなして逃げてるだって……！」

なんだろう、すごい充実感を覚える。

『何を浸っておる。とどめを刺さぬか！』

「そ、そうだな。【風裂刃《ウィンド・ストーム》】」

ウルスラが敵に魔法を当てるルートを鑑定してくれていた。

おかげで風の魔法は、毒蛇に問題なくヒット。

その身を風の刃でズタズタに引き裂かれ、ぼろぞうきんのように、地面に落下。

「はは……Sランク、余裕で倒せたんですけど……」

死態や単眼悪魔《グレムリン》は、倒すのに苦戦した。

だが同じSランクのモンスターで、しかも初見の相手だというのに、たやすく倒せた。

これもパワーアップした目と、彼女たちのおかげだ。

『敵の能力を鑑定《コピー》したぞ。【耐性・全状態異常】【溶解毒】だ』

「いってぇええぇ……あれ？　痛くない？」

いつもの、コピーによる頭痛を、感じなかった。

「わたしが、治療、しました！」

俺の隣に、いつのまにか、ユーリが立っていた。

ウルスラの説明によると、ユーリの持つ癒しの魔力で、雫の治癒力が向上し、頭痛が軽減されるようになったらしい。

あんなに苦痛だった鑑定《コピー》すらも、今度からはノーダメージでできるなんて！

「ほんと、ありがとうなユーリ」

なんとはなしに、彼女の頭をぽんぽんと撫でる。

「おまえに出会えたこと、女神様に感謝するよ」

ぽかん、と目を丸くしていたユーリ。

だが突如、ボッ……！　とユーリは顔を真っ赤にすると、俺の目の中に戻っていった。

「精霊って……実体あるんだな」

髪の毛サラッサラだった。

『おい小僧……』

地獄の底からわきあがってくるような、ウルスラの、ドスのきいた声がした。

『ユーリを傷物にしたら殺すからな』

「わかってるって。しないってば……」

『しょんぼり……』

『おいユーリを落ち込ませるな！』

「ああもうどうしろって言うんだよ！」

とまあ、心に余裕を持ちながら、俺はダンジョンをサクサク進んでいったわけだ。

そしてついに、そこへとたどりついた。

「……やばそうな扉。ここ、通らないとダメなのか？」

行き止まりだと思ったそこには、見上げるほどの、巨大な石の扉があった。

『ここを抜ければ地上までもう少しだ。そして……この奥には、今までの比じゃない、強いモンスターが待ち構えておる』

☆

奈落から地上へと向かっている途中、俺は石造りの巨大な扉を見つけた。

『ダンジョンにはそれぞれ【迷宮主《ボスモンスター》】と呼ばれる、主がおる』

「そう言えばギルドで噂《うわさ》を聞いたことがあるな」

『迷宮は生き物じゃ。心臓が存在する。それは迷宮核と呼ばれておるな。だが人間もそうじゃが、心臓を容易く壊されては困る。故に守り手が必要となる』

「ボスモンスターは……迷宮核の守護者みたいな感じなのか」

『さよう。そしてボスは例外なく強い』

まあ急所を守る存在だからな。

弱くては困る訳か。

「この部屋をスルーして通れない？」

『無理じゃな。地上へ続く正解の道へは、この部屋を越える必要がある。そして出口はボスを倒さぬ限り開かない』

戦闘不可避ってわけか。

「…………」

確かに俺は、ユーリたちのおかげで、強くなれた。

だが果たして、ボスモンスターを倒せるくらい、強くなっているだろうか……？

「だい、じょーぶ、ですっ！」

ユーリがとなりに出現する。

彼女は、俺の手を優しく包んで言う。

「アイン、さんなら。だいじょぶ、です！」

「ユーリ……ありがとう」

『世界樹の加護を受けているやつが何を弱気になっておる。とっとと倒し地上へ行くぞ』

ウルスラとユーリに背中を押され、体の震えが止まった。

そうだ。誰にチカラをもらったと思っているんだ。

俺は、最弱職のアインでは、もうない。

世界樹の加護を受けた、鑑定士アインだ。

「よし……！」

重い扉を開け、中に入る。

殺風景な、広い空間だった。

どことなく世界樹のあったホールを彷彿《ほうふつ》とさせる。

空間の奥には、巨大なクリスタルがあった。

「アレが迷宮核か」

と、そのときだった。

迷宮核が光り輝くと、目の前に魔法陣が出現。

そこから、見上げるほどの、巨像が出現した。

『上級岩巨人《ハイ・ゴーレム》じゃな。こいつもSランクじゃ。デカい図体から繰り出される物理攻撃に気をつけよ。攻撃速度は遅いらしい』

「ゴォオオオオオオオオオオオオ！」

「なんだよ……こいつ……」

今まで出会った中で、一番デケえ。

本当に、勝てるのか……？

『勝てるのかではない。勝て！』

『がんばっ、て！』

……そうだ。勝つんだ。
深呼吸して、戦う覚悟を決める。
『体格差がありすぎる。まずは足を削るのが得策じゃろうな』
超加速を発動し岩巨人めがけて走る。
「ゴォオオオオオオオオ‼」
岩巨人が右足をあげて、ゆっくりと下ろしてくる。
だが俺は超加速によって、岩巨人の踏みつけ攻撃を余裕でかわす。
地面がぐらぐらと揺れる。あまりに大きな振動に、俺はしばし動けなくなる。
『岩巨人がおぬしめがけてパンチを繰り出すぞ。備えよ』
巨大な拳が迫りくる。
前の俺ならびびって腰を抜かしていただろう。
『二秒後に拳が到達する。衝撃に備えよ』
『ふぁいと、です！』
ウルスラが次の攻撃を教えてくれる。ユーリが応援してくれる。
「俺はもう……孤独で無能な不遇職じゃない！」
岩巨人のパンチが、俺の頭上めがけて振り下ろされる。
俺は両手を挙げて叫ぶ。
「【金剛力】！」

その瞬間、俺の両腕が黄金色に輝く。
死熊の持つ怪力が、俺の腕に宿った。
「ゴォオオオオオオオオ!!」
岩巨人がその巨大すぎる腕を振るう。
一瞬デカすぎて、月でも落ちてきたのかと思った。
脳裏をよぎる死のイメージは、両目に宿る彼女たちの存在を意識することで振り払う。
拳がぶつかる。激しい音と風圧を感じた。
俺の足に、凄まじい衝撃を感じた。折れたと錯覚するほどだ。
けれど、ウルスラに鍛えてもらった体は、この攻撃を受けても無事だった。
金剛力によって強化された腕力は、岩巨人の拳を、受け止めたのだ。
賢者の特訓と、世界樹の力が、迷宮の主のパワーを上回ったのだ。
「サンキュー、ふたりとも！　くらえ【溶解毒】！」
毒大蛇《ヴァイパー》からコピーした能力《アビリティ》を発動。
俺の両手が毒々しい紫に変色する。
手で触れている岩巨人の腕が、一瞬にして、泥のように溶ける。
『岩巨人は右腕を失い、バランスを崩し倒れる。十秒後に地震が起きるからかわせ』
ウルスラが自動鑑定してくれたとおり、岩巨人は倒れる。
地震が来るタイミングに合わせて、ドンピシャでジャンプ。

超加速によって強化された脚力は、普段の何倍もの高さで飛べた。

地震が収まると同時に着地。

『小僧。ここなら十分な広さがある。貴様に伝授した、極大魔法を使用せよ』

ウルスラは、俺にいくつもの魔法を鑑定《コピー》させてくれた。

その中には、広範囲に、凄まじい威力を発揮する魔法【極大魔法】もあった。

ダンジョン内では使うなと、ウルスラから釘《くぎ》を刺されていた。

狭い地下通路で使ったら、生き埋めになるだろうと。

だがこのボスのいる空間は、十分すぎるほどの広さがある。

『貴様の鍛えた魔力と体なら、極大魔法を放てる。魔力が切れて倒れてもユーリが治癒してくれる。存分に力を振るうがよい』

俺は右手を岩巨人に向ける。

賢者に鍛えられた、莫大《ばくだい》な量の魔力を……この一撃に、込める。

倒れた岩巨人は、俺からただならぬ雰囲気を感じ取ったのだろう。

慌てて起き上がろうとする。

『遅い。魔法は威力に比例して詠唱時間が長くなる。しかし詠唱破棄がある』

魔法の発動を意識すると、俺の周囲に、無数の魔法陣が浮かぶ。

まだ何もしていないというのに、地面からは炎が立ち上り、周囲には熱の風が吹き荒れる。

「【煉獄業火球《ノヴァ・ストライク》】！」

詠唱破棄により、極大魔法が瞬時に発動する。
無数の魔法陣は重なり合い、俺の右手が赤くきらめく。
すると岩巨人の頭上に、太陽と見まがうほどの巨大な火の玉が出現。
それは凄まじい速さで、岩巨人の元へと落下した。
激しい轟音《ごうおん》と、凄まじい熱量。
俺は落下の衝撃で、後ろに吹っ飛ばされそうになる。
生半可な体では、今の衝撃波で体が粉々になっていただろう。
だがウルスラに鍛えてもらったこの体は、反動を受けてもぴんぴんしていた。
熱風が、無限に思えるくらい吹き荒れたと思ったが、とたんにやんだ。
「…………………すげえ」
岩巨人の上半身が、完全に溶解していた。
岩がドロドロに溶けている。
即死だろう。それだけ強力な一撃だったわけだ。
「すごい、です！　すごいです、アイン、さん！」
ユーリが顕現し、カラカラになった魔力を、世界樹の雫で戻してくれる。
彼女は顔を真っ赤にして、しかし笑顔を向けてくれた。
「まさか、本当にボスモンスターを倒せるとはな……」
ここに来てようやく、俺は強くなったという自信が持てた。

ひとりで、ボスモンスターを倒したやつなんて、そうはいないんじゃないか……？

『ふん！　調子乗るな小僧。貴様が極大魔法を撃てたのは、いったい誰のおかげだ！』

「ありがとう、ふたりのおかげで、迷宮主を倒せたよ」

すっ、と俺は頭を下げる。

「えへへっ♡」

金髪の美しい精霊の少女は、太陽のように明るい笑みを浮かべる。

「……ふん。わしではなく、ユーリに全ての感謝をささげるがよい」

顕現した銀髪の賢者は、そっぽを向いて、しかし口元をほころばせていた。

かくして、俺はボスモンスターを撃破したのだった。

5話　鑑定士は地上に戻る

迷宮核を守るボスモンスターを、俺は倒した。

これで地上に帰還できる。

しかしやることがある。そう、鑑定《コピー》だ。

俺は倒した岩巨人《ゴーレム》から、以下の能力《アビリティ》をコピーした。


『不動要塞（S＋）』

『↓その場から動けなくなる代わりに、敵からの物理、魔法攻撃の一切を受け付けない』

『重力圧（S＋）』

『↓重力場を発生させ、相手を動けなくする。飛んでいる敵を地上に落とすことも可能』

『不意打ち無効化（S＋）』

『↓不意打ちを受けたときのみ発動。防御力を超向上させダメージを無効にする』

『基礎防御力向上（S）』

『↓敵からの物理、魔法攻撃に対する防御能力を向上させる』


さすがボスモンスター。多彩な能力《アビリティ》を持っていた。

「アイン、さん。かっちかち、です！　無敵、です！」

俺のとなりでユーリが笑う。

「防御力が弱いのが俺の弱点だったからな。強化できて良かったよ」

能力をコピーしたし、とっとと地上へと帰るか……と思ったそのときだ。

「待て、小僧。まだ鑑定すべきものがあるぞ。あそこの迷宮核じゃ」

部屋の奥、出口のそばに、結晶《クリスタル》が浮いている。

俺は迷宮核のそばへとやってくる。

「あれ？　おまえってどうしてここにいるんだ？　世界樹のもとを離れられないんじゃ？」

「そうだ。基本的に守り手は世界樹のそばに縛られる。しかし今貴様の左目は世界樹と同等。ゆえに、貴様のいる場所に限るが、そこへ転移してこうして活動できるわけじゃ」

「おかーさん！」

「おお！　娘よ！　ひさしぶりじゃのぅ！」

ふたりは抱き合って、朗らかな笑みを浮かべ合う。

「それで、ウルスラ。なんで転移してきたんだ？」

「少し迷宮核というものに興味があってな……」

ウルスラは宙に浮かぶ結晶を、つぶさに見やる。

ややあって「なるほど……」と小さくつぶやいた。

「どうやら迷宮核は、精霊核と同様の性質を持つらしい」

「ええっと、だからなんだ？」

「迷宮核を素材として精霊核を……貴様の目を強化できる、ということだ」

ただでさえ高性能の義眼が、さらに進化するというのか。

「わしならすぐに義眼を強化できるぞ。どうする？」

「やってくれ」

「わかった。しばし待て」

ウルスラは迷宮核に触れる。

それは、ぱぁ……っと紫に輝くと、やがて手のひらサイズの宝石へと変わった。

「小僧、しゃがんで目を閉じよ」

俺は言われたとおりにする。

左目のあたりを、彼女が手で触れてくる。

ややあって。

「もう目を開けて良いぞ」

目をゆっくり開けて、周囲を見てみる。

特段視界に、何か変化があるわけではなかった。

「これで義眼は強くなったのか？」

「鑑定してみれば良いだろう」

「それもそうだな。【鑑定】」

『↓精霊神の義眼（LEVEL 2）』

『↓【攻撃反射《パリイ》のタイミング】を鑑定可能となった』

「……なんか、義眼のレベルが上がったな」

「ふむ、やはりな。迷宮核を取り込めば取り込むほど、ユーリの精霊核は強化されるようじゃ」

「つまりボスモンスターを倒せば倒すほど、鑑定能力が強化されていくってことか？」

「すごい、です！　アイン、さん！」

わぁ、とユーリが両手を挙げる。

「いや、すごいのはユーリだろ」

「ふふん、よーやく小僧も話がわかるようになってきたなっ」

ウルスラが上機嫌に言う。

目を閉じて腕を組み、えへんと胸を張った。

俺自身が強いわけじゃないってことは、嫌でもわかる。

ユーリと出会って、偶然義眼を手にしたから、今の俺があるんだ。

これは俺の実力じゃない。

精霊《ユーリ》のおかげであることを、忘れてはいけない。

「しかし【攻撃反射のタイミング】を鑑定……ってどういうことだ？」

「百聞は一見にしかずじゃ。剣を出しておけ」

「わかった……って、なにするんだ？」

ウルスラは俺に手を向ける。
「って、それもしかして！」
ウルスラは無詠唱で、火球を俺にぶっ放してきた！
これ久々だ！　と思う暇も無く、火球が俺に迫ってくる。
「【超鑑定】！」
『ウルスラの魔法の軌道』
火球の動きが、ゆっくりになる。
あぶねえ……丸焼けになるところだったわ。
……火球をギリギリで避けようとした、そのときだ。
『！』
俺の視界に、変なマークがでたのだ。
おそらく義眼が何かを鑑定した結果だろう。
俺はすかさず、そのマークを切るようにして、剣を振るった。
パリィイイイイイイイイイイン！
ガラスを砕いたような、甲高い音。
剣が火球とぶつかった瞬間、向きを真逆に変えたのだ。
弾かれた火球は、ウルスラめがけて跳んでいく。
「攻撃反射ってこういうことか……って、ウルスラ！　危ない！」

ウルスラが指を鳴らすと、火球が消えた。

「魔法は使用者の意思によって消去《キャンセル》することができるのじゃ」

「そ、そっすか……良かったぁ」

「よ、かったぁ……」

ほーっ、と安堵《あんど》の吐息をつく、俺とユーリ。

「すごいな攻撃反射」

「魔法だけじゃなく物理攻撃も反射できるみたいじゃぞ」

動きを鑑定すれば、反射タイミングを逃すことなく、攻撃を弾き飛ばすことができるじゃん。

「いやぁ……ほんと、ユーリはすごいなぁ」

「そうじゃろうそうじゃろう！　貴様もそう思うじゃろう！　ユーリはすごい子なのじゃ！」

「え、えへへ～♡」

……さて。迷宮で新たなチカラを手に入れた俺は、いよいよ、地上へと脱出するのだった。

☆

鑑定士アインが迷宮を突破した、一方その頃。

冒険者ギルドでは、鑑定士の少年が死亡した知らせが、広く伝わっていた。

死を広めた人物がいたからだ。

彼を見殺しにした張本人……ゾイドだ。

ある日の、冒険者ギルドにて。

ゾイドは同僚たちと、ギルドの酒場にいた。

「しかしゾイドよぉ。よく地獄犬《ヘル・ハウンド》のいるダンジョンから帰還できたよな」

「ああ……アインがさ、言ったんだ。ここは俺に任せて先に行けってよ」

実に悔しそうな表情で言う。

「あのゴミ拾いアインが？」

「おいやめろよ。アインをそんな名前で呼ぶな。あいつは……勇敢なやつだ。仲間のためを思って、盾になってくれたんだ。いいやつだったよ……ほんと」

くっ、とゾイドが目元を手で隠して言う。

「す、すまん……」

「訂正するよ……」

話を聞いていた冒険者たちが、申し訳なさそうにしている。

それを見てゾイドが、内心でにやりと笑う。

隠しダンジョンでの真実を知るものは、ゾイドと、そして仲間の魔女ジョリーンのみ。

ジョリーンに命令し、アインを魔法で麻痺《まひ》させた。

地獄犬が餌《アイン》を襲っている隙を突いて、逃げてきた。

……端から見れば、最低な行為だ。

真実がバレてしまえば激しく非難されるだろう。

それを回避するために、ゾイドは美談をでっちあげたのだ。

「すまねえアイン……おれに、力が無いばかりに……おまえの犠牲は絶対に、忘れないからな」

ゾイドは眼に涙をためて言う。

何十、何百と繰り返してきたため、嘘泣《うそな》きのタイミングはバッチリだ。

不憫《ふびん》に思った冒険者たちは、あまり深く事件について追及してこない。

こうしてゾイドは自分の地位を守るのだった。

「しかし隠しダンジョン、やばいらしいな」

話を聞いていた冒険者の一人が言う。

「浅い階層に地獄犬だけじゃなくて、雷狼《ライガー》までいたってよ」

「マジか。Cランクだっけ？　うひー、やべえ。絶対近寄らないでおこう」

「やめといたほうがいい。そこが死地だと教えてくれた、アインの死を無駄にしちゃいけねえ」

……と、今日も今日とて、ゾイドはアインの死を語りまくっていた。

こうすれば、話を聞いて同情した冒険者が、酒とメシをおごってくれるから。

今日もただ飯食えてラッキー、とのんきに思っていた。

……だがそれも、今日までだった。

「おい。誰が、死んだって？」

ゾイドの肩を、誰かが掴《つか》む。

「あ、あああ、あい、アインんんんんんんんんんんんん⁉」

死んだはずの……鑑定士の少年が、そこにいたのだった。

「どうしててめえが生きてやがる⁉　死んだはずだろッ‼」

とっさに口をついたのは、そんな乱暴な言葉だった。

全くの予想外のことだったから、取り繕うことができなかったのだ。

……致命的な、セリフの選択ミスに、ゾイドは気づけていなかった。

「死んだ？　見てわかるとおり、俺は生きてるよ」

……幽霊じゃない。実体はある。

目の色が若干前と異なるくらいだが、五体満足だ。

「ど、どうやって帰ってきやがった⁉」

「普通に、モンスターを倒しながら、歩いて」

「バカ言うんじゃねえ！　あんなバケモノ級モンスターがうじゃうじゃいる中、生きて帰ってこれるわけねえんだ！」

ゾイドが声を荒らげ、アインの襟をねじり上げる。

自分が敵わないと判断して、しっぽを巻いて逃げてきた敵を、見下していたヤツが倒してきた。

それが許せなかったのだ。

「おいゾイド。なんだよ、その言い方……？」

近くにいた冒険者が、肩を摑んで、アインから引き剝がす。

「ああっ⁉　なんだよってなんだよ！」

「命の恩人であるアインが生きて帰ってきたのに、なんで喜ばないんだよ？」

……一瞬で、冷静になった。背筋に氷を入れられたようだった。

ゾイドは大量の汗とともに、自らの過ちに、やっと気付いた。

アインを命の恩人だと、言って回った。

なら彼が帰ってきてまず、ゾイドがすべきだったのは、帰還を喜ぶフリだった。

「命の恩人？　どういうことだよ。俺は、ゾイドに置き去りにされたんだぞ？」

アインが首をかしげる。

それを聞いた、周囲にいた冒険者たちが……え？　と目を丸くした。

「置き去りに……？」

「ああ。こいつとジョリーンに麻痺の魔法を受けた。地獄犬の餌にされたんだよ」

冒険者たちが、いっせいに、ゾイドを見やる。

「おい……どういうことだよ！」

「おまえを助けるために、アインは自ら進んで犠牲になったんじゃなかったのかよ⁉」

冒険者たちが、ゾイドを詰問する。

彼らの顔には疑心がにじんでいた。

「まさかおまえ……嘘ついたのか？」

「違う！　嘘ついてるのはアインの方だ！」

とっさに、ゾイドはまた嘘を重ねる。

だが周囲は、明らかに、ゾイドへの侮蔑の表情を浮かべていた。

「なんでアインが嘘つく必要あるんだよ？」

「そ、それはアインが、おれを貶《おとし》めるためにだなぁ！」

「おまえ言ってたよな。アインは、仲間である自分たちのために身を犠牲にしたって」

アッ！　とゾイドはまた自分の失態を悟った。

「なんで命をかけて守った仲間の名誉を、傷つけるような嘘つくんだよ」

……冷静に言われてみると、ゾイドの言っていることは、完全に破綻していた。

「あ……ああ……」

ゾイドがその場にへたり込む。

「おまえ嘘ついてたのかよ！」

「うわ最低！」「このクズ！」「てめえが死ねば良かったんだよ！」

冒険者たちが罵声を浴びせる。

ゾイドは、周りから汚い言葉で罵られるのを……耐えることしかできない。

「…………」

アインは立ち止まり、グッ、と歯嚙《はが》みすると、振り返って近づいてくる。

「死んで詫《わ》びろゴミカスやろう！」

冒険者のひとりが、這《は》いつくばるゾイドの頭を、蹴りつけようとした。

「もういいよ。やめてくれ」

鑑定士がかばうように、ゾイドの前に立ちふさがったのだ。

「アイン……」

呆然《ぼうぜん》と、アインを見上げる。

「おいアイン、何言ってるんだ。そこのクソ野郎のせいで、おまえは死にかけたんだろ？」

「おまえももっとののしっていいんだぜ？」

そうだそうだ、と同調する冒険者たち。

しかしアインはフルフル、と首を振る。

「……確かにこいつには、酷いことされたよ。腹も立ったし、許すつもりも毛頭ない。……けど、もういいよ。俺はこうして、五体満足で帰ってきたんだしな」

ゾイドも含めて、冒険者たちはアインの姿に動揺した。

昔はそれこそ、弱く卑屈な少年だった。

しかし今はどうだろう。

実に堂々と、アインは自分の意見を述べている。

そこには、かつてのような弱さはなかった。

「どうなってるんだ、アインのやつ……？」

「なんか雰囲気変わった……？」

戸惑う冒険者たちを横目に、アインがゾイドの目の前にしゃがみ込む。

「な、なんだよ！　お、おれを殺す気か⁉　復讐《ふくしゅう》する気だろ！」

「そうじゃないよ。……ただまあ、ありがとな」

「は……？」

アインが穏やかな表情で、そう語る。

「結果的には、おまえのおかげで俺は運命が変わったからさ。いちおう感謝しておくよ」

「お、おまえ……いったい、何を言ってるんだ……？」

困惑するゾイドに、しかしアインはそれ以上何も言わなかった。

踵《きびす》を返し、ギルドを出ていこうとする。

その姿に、冒険者たちは感心したように言う。

「なんか、アイン……変わったよな。こう、自信に満ち溢《あふ》れているというか」

「それに後ろにいる美少女ふたりは誰なんだ？」

ゾイドは、彼の後ろをついていく金髪と銀髪の美少女を見た。

アインに笑いかける彼女たちは、とてつもなく美しい。

「なんだよ……いったい、あいつに何があったんだよ……？」

ただひとつ確かなことは、あの少年は死の淵《ふち》から生還し、変わったということ。

ゾイドは保身のために嘘をついた。一方で、アインは殺されかけた相手を広い心で許した。

どちらが人間として格上かは、明白だった。

そんな彼に対して、ゾイドは大きな敗北感を覚えるのだった。

☆

俺が地上へ帰還してから、数日が経過した。

再び巨大鼠《ジャイアント・ラット》のダンジョンへと、足を運んでいた。

「なんだかここに来るのも、すげえ久々な気がするな」

薄暗いダンジョンの通路を、俺は思い出に浸りながら歩く。

『貴様はここへ何をしに来たんじゃ？』

「まあ……地上に戻って結構経って、落ち着いてきたしな。ちょっと隠しダンジョンがどうなったかの確認にな」

俺がウルスラと会話していた……そのときだ。

「ギギッ！　ギーッ！」

大型のネズミが、俺の目の前に現れた。

鑑定するまでもない。巨大鼠《ジャイアント・ラット》だ。

『アイン、さん！　敵さん……です！　戦わない、と！』

「問題ないよ、ユーリ」

俺は自然体で、巨大鼠の前に立つ。

「ギーッ！」

巨大鼠が俺めがけて、飛びかかってくる。

俺が左腕を前に出すと、巨大鼠が噛《か》みついてくる。

ガキィイイイイインッ！

「ギィ――――――ッ⁉」

ネズミは驚愕《きょうがく》しているようだった。

人間の腕に噛みついたのに、まるで金属を噛んでいるみたいに硬いんだからな。

俺が使っているのは、【不動要塞】。

岩巨人《ゴーレム》が持っていた能力《アビリティ》だ。

一歩も動けなくなる代わりに、体が岩のように硬くなり、攻撃を完全に無効化する。

「前はこんなネズミでも、倒すのに一苦労だったな。ほんと、ユーリさまさまだよ」

『あう～……♡　うれしくて、気絶、しちゃいそぉー♡』

『そうじゃ！　ユーリはすごいのじゃ！　もっとあがめたたえるが良い！』

和やかに会話していると、巨大鼠は噛みつくのをやめて、逃げようとする。

「させるかよ」

無詠唱で火球を使用。

火の玉はネズミめがけて跳んでいき、ヒット。

「ギー……」

断末魔をあげながら、巨大ネズミは倒れ伏す。

近づいてみると、巨大鼠は丸焦げになって絶命していた。

「こんな弱い魔法一発で死ぬなんてな……」

奈落にいたSランクモンスターたちと比べて、あまりに巨大鼠は弱すぎた。

いや、慢心は良くない。

「俺が強いんじゃなくて、ユーリが強いおかげで俺も強くなっているだけだからな。ありがとう」

『うれし、すぎて……死んじゃいそー♡』

『その調子じゃ！　ユーリをもっと敬い喜ばせろ。ただしユーリが嬉《うれ》し死にしたら貴様も殺す！』

「いやどうしろと⁉」

そんなふうに会話しながら、俺は隠しダンジョンの入り口へと到着した。

ここまで数匹の巨大鼠とエンカウントしたが、どれも超余裕で一蹴できた。

「入り口はまだあるんだな」

『迷宮核が失われたからと言ってダンジョンがまるごと消滅するわけではない。人間も心臓が止まって死んだとしても、肉体は残るじゃろ？』

それもそうだ。

俺は隠しダンジョンの中へと侵入する。

少し進んでいった、そのときだった。

突如、俺の足の方から、金属同士がぶつかり合う音がした。

「なんだ？」

『地獄犬《ヘル・ハウンド》じゃな。貴様の右足に嚙みついておる。不意打ちを狙ったようじゃな』
「いやおまえ気付いてただろ？」
『まあな。だが脅威でないと判断し言わなかった』
地獄犬は俺の足に嚙みついて、困惑しているようだった。
自慢の牙で嚙みついたのに、人間《おれ》は痛くもかゆくもなさそうにしてるんだからな。
「わりいな。俺に不意打ちは効かないんだ」
使っているのは、【不意打ち無効化】という能力《アビリティ》だ。
これも岩巨人《ゴーレム》からコピーした。
俺は右手で、犬っころの頭に触れる。
【金剛力】を発動。
そのまま地獄犬の頭を、まるでクッキーのように、握りつぶす。
頭部を失った地獄犬は、ビクンッ！　と体を硬直させ、絶命した。
『地獄犬が離れたところで十匹。貴様を食おうと虎視眈々《こしたんたん》と狙っておるぞ』
ウルスラが敵の位置を自動鑑定してくれたらしい。
右手から精霊の剣を取り出す。
「ほら、かかってこいよ」
敵《おれ》に気付かれたと思ったのだろう。
地獄犬の群れが、俺に近づいてきた。

人間くらいの大きさがある、巨大な犬の群れ。

血走った目に、鋭い牙。

かつては、一匹でも震え上がっていた。

十匹でてきたあのときは、死を覚悟したくらいだったのに……。

「なんか全然怖くねえな。ウルスラの方がまだ怖いわ」

『小僧、消し炭になりたいようだな?』

『おかー、さんっ。だめっ、めっ!』

ふたりの会話に気を取られていると、地獄犬の群れが、俺めがけて走ってきた。

しかし地獄犬たちはその場にピタッと立ち止まる。

「どうした? かかってこないのか?」

地獄犬たちはきびすを返すと、そのまま全速力で逃げていく。

『どうやら犬ども、彼我の実力差を悟って、逃走を選んだみたいじゃな』

「まあ逃がさねえけどよ」

俺は犬たちめがけて、右手を差し出す。

「【重力圧】」

広範囲に重力場を作り、相手の動きを制限する能力《アビリティ》だ。

しっぽ巻いて逃げる地獄犬たちを対象に、やつらの動きを止めようとした……のだが。

ぐしゃぐしゃぐしゃぐしゃぐしゃっ……!

「は？　なんか死んでるんだが……？」

『犬どもは重力場に耐えきれず圧死したようじゃぞ』

「マジかよ。足止めの能力で押しつぶされるとか……弱すぎないか……？」

ぐっちゃぐちゃになった地獄犬の死体を見ながら、俺は不思議な気持ちになった。

ちょっと前までは、俺はこいつらが死神に見えた。

だが今では、子犬よりも、か弱い存在に見える。

『当然じゃ。文字通り目が変わったからな。見える景色も違ってくるだろう』

☆

『ついたぞ。ここが、貴様が以前ボスを倒した部屋の前だ』

迷宮主《ボスモンスター》・岩巨人《ゴーレム》を倒した部屋までやってきたのだが……。

「扉が閉まってるな」

俺の目の前には、巨大な岩の扉がある。

が、以前のように手で押しても、扉は開こうとしなかった。

『おそらく迷宮核が失われたことで、この部屋と、世界樹へと続くルートが封鎖されたのだ』

「そっか。ダンジョンが消失するんじゃなくて、ルートそのものが閉鎖される感じなんだな」

俺のとなりに、銀髪の幼女ウルスラが出現する。

「安心したわい。これでもう、世界樹の元に、誰もやってこれなくなったのじゃからな」

ちなみにここへ来る途中、俺が奈落へ落ちた穴を調べに行った。

が、そこもまた穴が塞がっていた。

おそらく迷宮核が失われたことで、世界樹へ続く裏道である、あそこの穴も塞がったのだろう。

「そっか。ユーリも静かに暮らせるってわけか」

となりに、金髪の少女が出現する。

俺はその場にしゃがみ込む。

ユーリもいそいそと、俺のとなりに座った。

ぴったりと寄り添ってくるので、彼女のデカいおっぱいが肘に当たる……。

「おい、うちの子を汚い目で見るな。消すか？」

ウルスラが俺とユーリの間に割って入り、座る。

「むぅ。おかー、さん。おじゃま、むし、ですっ。ふんだっ」

「がーん！　ゆ、ユーリぃ！　なぜ怒っておるのじゃ⁉　すまぬ！　母を許してくれえええ！」

親子の和やかなやりとりをボンヤリ見た後。

「さて……と。これから……どうすっかな」

少女たちが俺を見やる。

「奈落から脱出できた。恩人である世界樹の安否も、安全が保証されるのも確認できた。……すること、なくなっちまった」

「別に今まで通り冒険者として生きればよいじゃろう？」

「いや……。俺、冒険者やる理由、今ないからさ」

俺は右手を前に出す。

無限収納の魔法紋が光る。

目の前に、大量の素材アイテムが出現。

「貴様、修行の最中や、地上へ戻る途中、モンスターを倒しては、せこせこ何かを集めておったが……アイテムを回収しておったのじゃな」

出したアイテム群を、また仕舞う。

「当たり前だろ。これ全部Sランクモンスターから剝ぎ取れるアイテムだぜ？　一つでとんでもないお金になる。宝の山を捨て置いていくなんて、もったいないだろ」

これ全部売れば……一生働かなくていいくらいになる。

「じゃあとっとと売り払えば良いではないか。なぜ後生大事に持っておるんじゃ？」

「売れないんだよ。俺、ギルドで奈落から帰還したって、誰にも信じられてないんだぜ？」

どうやら最下層に落ちたのではなく、比較的浅い層に落ちた。

誰か強力な助っ人の助力があって、俺は帰って来れた。

……みたいなふうに、ギルドの連中からは思われている。

「それもそうじゃな。つい数日前まで雑魚だったやつが、Sランクの彷徨《うろつ》く死地から帰ってこれるほどの力をつけた、なんて誰も信じないじゃろう」

「そんな状況でSランクモンスターの素材を山ほど持って行ってみろ？　どっかから盗んできたのかって疑われ、騎士に捕まるのが関の山だ」

とは言え、通常のモンスターを余裕で倒せる強さを手にした。

以前のように、今日食べるものに困る生活を送らなくていい。

冒険者として、必死こいて働く必要もない。

豊かな生活が保証されたからなおのこと、俺はやることを見失ってしまったのだ。

「なら小僧。旅に出ろ。外の世界を回り、ユーリにいろんなものを見せてやれ」

「それはもちろん。奈落を出るとき、おまえと約束したからな」

俺は隣に座る、金髪少女《ユーリ》の頭を撫《な》でる。

極上の絹糸を触っているようで、気持ちが良い。

「ただ旅の目的がぼんやりしすぎてるからな。そうだな……ユーリ。世界を見て回る以外に、何かしたいことあるか？」

「したい、こと……？」

「美味いものが食いたいとか。海で泳いでみたいとか。目的があれば、旅の計画が立てやすい」

この子は俺の恩人だ。

彼女に恩返しがしたい。

ユーリがしたいことをさせてあげたい。

「……家族に、あいたい、です」

世界樹の少女は、ぽそり、とつぶやいた。

「家族？　ウルスラがいるじゃないか」

「そう、だけど。おねえ、ちゃん。妹たち、会いたい……です」

「姉？　妹？」

ユーリの言っていることがわからなかった。

「他の世界樹のことを言っておるのじゃろうな」

「そう言えば世界樹って、この世に九本あるんだっけか」

「ああ。もともと一つの大きな木だったのじゃ。精霊核を九つに分け、各地に散った」

「なるほど……もとは他の精霊たちと、ユーリは一緒に暮らしてたんだな」

他の世界樹にも精霊が宿っている。

それがユーリの家族……姉や妹ってわけか。

「世界樹は世界各地に散らばっておる。人の目につかぬ地下深くの隠しダンジョンの中に」

俺のやるべきことが、見えてきた気がした。

「なぁ、ユーリ。世界を回って、一緒に家族を探しに行こうぜ？」

「え？　いい、の……？」

ユーリが俺を見上げて言う。

「もちろん。俺はおまえに返しきれない恩がある。おまえが家族に会いたいって言うなら、その手助けがしたい」

「けど……めいわく、じゃ、ない？」

「まさか。どうせやることないし、世界を見て回るのも楽しそうだ。他の隠しダンジョンがどんなのか、どんな敵がいるのかも、興味あるからな」

隠しダンジョンに潜るならば、この手に入れた最強のチカラも、有効活用できるだろう。

「約束する。おまえの家族全員に、会わせてやるからさ」

「アイン、さん……ありが、とう！」

ユーリが眼に涙を浮かべて笑った。

……かくして。俺は新たな目標を得て、次なるステージへと進むのだった。

幕間　鑑定士は少女たちと休日を過ごす

地上へ帰還してから、一週間が経過した、ある日の出来事だ。

朝。俺が目覚めると、眼前に金髪の美しい少女が寝ていた。

「すぅー……♡　えへへぇ～……♡　アインしゃーん……♡」

精霊ユーリが、無防備な寝姿を、俺にさらしている。

彼女が寝間着にしているのは、薄手のワンピース型のパジャマだ。

スカートの端がめくれて、ショーツが見えている。

すらりと長い素足にドキッとし、女性らしい腰のくびれのカーブにドギマギとしてしまう。

「おい」

ドスッ。

「いってぇえええええええええ！」

突如として右目に、凄まじい痛みを感じ、ベッドから転げ落ちる。

「なにしやがる！」

起き上がるとそこには、不機嫌そうな顔をしたウルスラが、あぐらをかいて座っていた。

「わしの娘をエロい目で見るな、不埒者《ふらちもの》め」

ウルスラが人差し指でシュッシュッ、と突きの動作をする。

あれで目潰しされたらしい。

「別に見てないし……」

「なんじゃと⁉　ふざけるな！　見よ！　この美の権化とも言える我が娘の美貌を！」

「見るなだったり見ろだったり、どっちなんだよ……」

はぁ……と俺は重くため息をつく。

こんなに騒いでいるのに、ユーリは幸せそうな寝顔で眠っていた。

「ユーリのベッドに忍び込むとは、貴様、死にたいようだな……」

ゆらり……とウルスラが怒りのオーラを背後から漂わせる。

スッ……と右手を伸ばし、俺めがけて【火球】を撃ってきた。

「うぉっ！　危ねえな！」

俺はすばやくそれを見切り、水の魔法で火の玉を消した。

「乙女の寝所に忍び込む下郎は、この母が成敗してやろう……」

どうやらウルスラは、俺がユーリの部屋に侵入したと勘違いしているようだ。

「よく見ろよ！　ここ俺の部屋！」

ここは俺の活動拠点としている街にある、宿屋の一室だ。

二部屋とっており、俺と女子チームとで分かれて泊まっていた。

「ふむ？　……言われてみれば、確かに」

そのときだった。

「くぁ～……。あれ？　おかーさん？」

ユーリが目を覚まし、半身を起こす。

「おふぁよぉ～……」

寝ぼけ眼のユーリが、ウルスラを見て挨拶をする。

「ユーリ！　おぬし、どうしてこの狼《おおかみ》の部屋におるのじゃ！　襲われたらどうするっ！」

「おーかみ？　アインさん、狼じゃない、よ？」

「男はみな獣なのじゃ！」

ウルスラはユーリを守るように抱きしめて言う。

「なんでここにいるんだよ。自分の部屋で寝てたはずだろ？」

するとユーリは赤く染めた頬に、両手を添えて言う。

「気づいたら、アインさんの、おそばにいました……ぽっ♡」

「よし小僧。表に出ろ。極大魔法でチリも残さず消し飛ばす」

「だから！　ここ俺の部屋！　ユーリがこっち来たの！」

その後トイレに起きたユーリが、寝ぼけて俺の部屋に来たことが判明したのだった。

☆

宿屋の食堂へ移動し、朝食を取る。

今日は冒険者の仕事をせず、体を休めると決めていた。

俺たちの前には、テーブルに載った朝食の皿がいくつもある。

前は金がなくて、朝食なんて食べられなかった。

しかし今は金に余裕ができたので、三食しっかりと食事するようにしている。

「ユーリ。よいか、年頃の男女が同じ場所で寝てはいかんぞ」

ウルスラが我が子に真面目な顔で言う。

「それ……は、どうして？」

「妙な行為に発展したらいかんからな」

「みょー？」

はて……とユーリが首をかしげる。

「ウルスラ、あんたの娘さんの性教育はどうなってるんだよ？」

「無論、必要なタイミングで、必要な教育を施すこととしている」

「具体的には？」

「最低でもあと千年は後じゃな」

「いやそれ俺は死んでるだろ……」

もくもく、とユーリが美味しそうにトーストをかじっている。

「この子はわしのそばにずっといればよい。男なんぞ不要じゃ。のぅ、ユーリ？」

「？」

きょとんとした表情で、ユーリがさらにトーストをもくもくと食べる。

「ああこれ、パンかすがこぼれておるではないか」

ウルスラはユーリのスカートについたパンかすを、手で払う。

「そう言えば、おまえらって地下でメシ食ってるところ見たことなかったんだけど、食事ってどうなってたんだ？」

「精霊は基本的に食事を必要としない。ユーリ達の肉体は魔力で構成されておる。魔力を世界樹から供給され続けている以上、食事によるエネルギー摂取は不要じゃ」

「でもパン食ってるぞ？」

「必要は無いが、別に食っても問題ない。嗜好品《しこうひん》を食べるようなイメージじゃな。ああこらユーリ……ジャムが口周りについておる」

ふきふき、とウルスラがハンカチで、ユーリの口元を拭う。

「あんたはどうなんだ？」

「守り手のわしも、ユーリと同じような体のつくりをしておるのでな。食事を必要とせぬ」

ウルスラはコーヒーを優雅にすする。

「………………」

くしゃっ、とウルスラが顔をしかめる。

「どうした、ウルスラ？」

「……なんでもないわい」

ずずっ、とコーヒーをすすっては、くしゃっと顔をしかめるウルスラ。

「すみません！　ミルクとお砂糖……ください！　たっぷり！」

ユーリが給仕にそう頼む。

「ゆ、ユーリよ……気を遣わぬでよい。わしは別に……」

「でも、おかーさん、苦いの嫌い、でしょう？」

「いやまぁ……そうじゃが……」

ウルスラが、ごにょごにょと言葉を濁す。ちらりと俺を見て、恥ずかしそうにうつむく。

「え？　どうしたんだ？」

「おかーさん、きっと、子供っぽいって、言われたくないんですっ」

「ああ、そういう……」

「な、なんじゃ⁉　何か問題あるのか⁉」

ウルスラが顔を真っ赤にして叫ぶ。

「まさか。ウルスラにも苦手なものがあるんだなって知れて、親近感がわいたよ」

ウルスラは完全無欠の最強賢者だと思っていた。

俺たち一般人とは違い、どこか遠い存在なのだと。

しかし苦いものが苦手という、俺たちと同じような弱点を持ち合わせていた。

それがなんだか、ウルスラを身近に感じさせたのだ。

「ふ、ふん……」

「おかーさん、お砂糖とミルク、きたよ」

給仕から頼んでいたものを受け取り、笑顔で、ウルスラに手渡す。

「ありがとうなぁユーリ。ああ、おまえは本当に思いやりのある、わしの自慢の娘じゃ」

ウルスラは笑顔で娘の頭を撫でる。

ユーリは嬉《うれ》しそうに目を閉じて、母親に身を任せていた。

親子の楽しそうなやりとりを見て、俺は穏やかな気持ちになるのだった。

☆

休日ということで、ユーリを連れて街を見て回ることにした。

ちなみにウルスラは朝食を終えると、転移して世界樹の元へ帰って行った。

「わぁ！　ひと……たくさん！　びっくりです！」

今日は晴れているせいか、大通りを歩く人の数は多い。

「これくらいで驚いてちゃ、王都へ行ったら腰抜かすぞ？」

「おーと？」

はて、とユーリが首をかしげる。

「この国の北側にある、王様の住むデカい街だよ。こんな片田舎の街なんかよりめっちゃ人いるぜ」

「それは……すごい、です」

感心したようにユーリがつぶやく。

「行ってみようか」

「いいんですかっ？」

ユーリが弾んだ声で言う。

「ああ。お母さんに、ユーリをいろんなところに連れて行ってくれって頼まれてるからな」

「えへへっ♡　わぁい、たのしみ……ですっ」

ややあって。

俺はユーリとともに、大通りを歩く。

「あれは、なんですか？」

ユーリが指さす先に、人混みができていた。

「マーケットだな。月に数回、行商人がくると、ああして通りのあちこちで露店を開くんだ」

ワクワクした表情で、露店を見ている。

「ちょっとのぞいていくか」

「はいっ♡」

露店の建ち並ぶ区画へとやってきた。

商人達が地面に敷物を敷いて、そこに品物を並べている。

野菜や肉といった食い物の他にも、身に付けるアクセサリーなどもある。

「いろいろ、あります。すごいですっ」

翡翠《ひすい》の目をキラキラさせながら、ユーリが商品を見ていた、そのときだ。

「そこのお若いカップルさんたち。うちの商品見てってよ」

近くにいた商人が、俺たちに声をかけてきた。

「「カップル？・」」

お互いに顔を見合わせる。

ボッ……！　とユーリが、耳の先まで顔を赤くする。

「そ、んなぁ～♡　か、カップルだなんて～……♡　違いますよぅ～♡　困っちゃいますよぅ～♡」

いやんいやん、とユーリが身をくねらせる。

困るというわりに、ものすごい笑顔だった。

しかし勘違いは正さないとな。何よりウルスラがうるさいし。

「そうだよ。俺たちはカップルじゃない」

「…………」

しゅーん……となぜかユーリが肩を落とした。

長い耳が、ぺちょーんと垂れ下がる。

『……小僧。消すか？　お？』

めちゃくちゃ不機嫌そうなウルスラの声が、脳裏に響いてきた。

え？　な、なんで怒ってるんだ……？

ちゃんと間違えを訂正したのに……。

『わしの可愛い娘を落ち込ませた罪は重い。死をもって償え小僧』

「ぶっそうすぎるだろ……。ええっと、そうだ。ユーリ」

「なぁんでしゅかぁ～……」

しおしおにしおれた声で、ユーリが言う。

「何か欲しいものないか。買ってあげるよ」

くわっ！　とユーリが目を見開く。

「いいんですかっ？」

「おうよ。おまえには世話になりっぱなしだからな。好きなの買ってあげるよ」

「わぁい♡　アインさん……ありがとー！」

ユーリが笑顔で、ぱたたっ、と長い耳を羽ばたかせる。

良かった機嫌直してくれて……。

『……おい小僧。過剰に仲良くするなと言ったよな？』

一方でウルスラの機嫌は直っていなかった。

「なんでおまえ、いつも不機嫌そうなんだよ？」

彼女が物色している間、俺は背後で、ウルスラと話す。

『ユーリと貴様が仲良くしているのを見ているとな。腹が立つのじゃ』

「いやだからどうしてだよ？」

『大事な娘をよその男に取られたくないという親心じゃ』

なるほど。そう言えば結構親馬鹿なところあるもんな、この賢者様は。

「ユーリは物じゃないし、取るとか取らないとか、そういうのないだろ？」

するとウルスラは、しばし沈黙した後。

『……ふん。しかし、まぁ……なんだ』

そうぶっきらぼうに言う。

『貴様といるとあの子は、以前よりも笑うようになった。それについては……いちおう、その……なんじゃ。感謝してるよ』

ぼそっ、とウルスラがつぶやく。

「そりゃ良かった」

少しはユーリたち親子に、恩を返せているみたいでさ。

『しかし、しかしじゃ小僧。勘違いせぬようにな。ユーリを、わしの目に入れても痛くない可愛い可愛い我が子を手込めにしたときには、貴様を含めた周囲一帯を灰燼《かいじん》に帰すからな？』

「はいはい、気をつけますよ、過保護ママさん」

『誰が過保護か！　わしは普通じゃ！』

そんなふうにウルスラと話していると、ユーリが買う物を決めたらしい。

「これが、いいですっ。じゃんっ」

ユーリが手に取っていたのは、櫛《くし》だった。

「これでいいのか？　おまえ、櫛なんて必要ないくらい、さらさらのストレートへアじゃないか」

「おかーさんの癖っ毛、これで、整えますっ♡」

『うう……ぐすん……なんて優しい子じゃぁ……わしは果報者じゃぁ～……』

ほんと、この親子は、互いに大好きなんだな。ほほえましいよ。

「そんじゃその櫛くれ」

「まいどありっ！」

商人から櫛をもらい、ユーリに手渡す。

「アインさん……ありがとー♡」

太陽のように明るい笑みを浮かべて、ユーリが言う。

「おぅ、どういたしましてだ」

その後、俺たちは街をぶらついたり、昼飯を食ったりして、のんびりと休日を過ごしたのだった。

6話　鑑定士は新たな出会いを果たす

精霊ユーリのために、他の世界樹を見つける旅に出ると決意した。

それから、二週間が経過した。

俺は王都の近くにあるダンジョンで、迷宮主《ボスモンスター》と戦っていた。

岩巨人と戦ったときと、同じデザインの、広大なホールにて。

『不死王（S）』

『↓死霊系モンスターたちの王。霊体のため魔法・物理攻撃が通じない。強力な魔法と、【弱体化《レベル・ドレイン》】、【魔法封じ】をはじめとした、多彩で強力な呪いを使う』

不死王は骸骨が、黒いぼろ布を纏《まと》っているような姿をしている。

「オロロォオオオオオオオ…………！」

俺に右手を向け、ブツブツと呪文を唱える。

『上級氷属性魔法【氷柱凍土《フリーズ・ピラー》】。地面から無数の氷柱《つらら》を作り出し、串刺しにする魔法じゃな』

「そんなこともわかるのか？」

『鑑定能力とわしの知識とが合わされば、事前にどんな魔法が来るかなどたやすく見抜ける』

やっぱ強力だな、この組み合わせ。

魔法が発動し、俺の足元から、すさまじい速さで氷柱が伸びる。

超鑑定で攻撃の軌道を見切り、攻撃をかわす。

無数の氷柱が串刺しにしようとしてくる中、最低限の動きで回避していく。

「オロォオオオオオオオオオオオオッ！」

攻撃をかわされて怒ったのか、不死王がまた手を前に向けてくる。

『上級火属性魔法【爆炎連弾《バーニング・ショット》】。触れると激しく爆発する炎の弾丸を三十発撃ってくる』

賢者ウルスラの声が、脳内に響く。

不死王は俺めがけて、炎の弾丸を連射する。

「ウルスラ、攻撃反射《パリィ》のタイミングを」

『言われずとも鑑定はすんでおる』

突如、弾丸の速度がゆっくりになる。

精霊の剣を手に取り、半歩前に出る。

超高速で剣を振る。弾丸たちが剣の腹にぶつかる。

三十発の弾丸全てが、はじき返され、そのまま不死王の体に殺到する。

ドガァアアアアアアアアアンッ！

『相手は幽霊じゃ。攻撃魔法は体をすり抜けてしまうぞ』

「わかってる。目くらましだよ」

炎の弾丸が地面に当たったことで、辺りには煙が立ち上っている。

それは煙幕となり、敵の目をくらませる。

【超加速】を発動させ、凄まじい速さで、不死王のそばまで接近。

向こうも俺も、土煙で周りはほぼ何も見えていない。

『この程度の視界不良、我が娘の義眼の前では無意味じゃよ』

左目が翡翠《ひすい》に輝く。土煙の向こうに、ハッキリと敵の姿を見た。

顔面を、俺は右手でわしづかみにする。

「【ターンアンデッド】！」

手が、カッ……！　と光る。

ターンアンデッドは、アンデッド系モンスター（幽霊やゾンビなど）を即死させる上級光魔法だ。

俺は賢者ウルスラから様々な魔法を習った。

その中には攻撃だけじゃなく、こうした特殊な魔法もあったのだ。

聖なる光によって、不死王の体は灰になった。

その後には黒いローブ、そして頭蓋骨だけが残った。

不死王の能力《アビリティ》を鑑定《コピー》した。

『弱体化《レベル・ドレイン》（S）』

『↓触れた相手のレベルを強制的に下げ、弱体化させる』

『魔法封じ（S）』

『↓触れた相手の魔力を強制的に吸い取り、相手の魔法使用を封じる』

『解呪《ディスペル》（S）』

『↓あらゆる呪い、状態異常を解除する』

『昏倒《こんとう》（A）』

『↓触れた相手の精神に干渉し、相手を気絶させる』


ボスということで、やはり多数の能力を持っていたらしい。

さらに迷宮核を、俺は手に入れる。

賢者《ウルスラ》に手術してもらい、精霊神の義眼が進化する。

『精霊神の義眼（LEVEL 3）』

『↓【古今東西・全種族の文字の解読】が鑑定できるようになった』

「どんな文字でも読めるようになったってことか」

直接戦闘には使えないけど、十二分にチートだ。

不死王のドロップアイテムを拾い、俺はダンジョンの出口を目指す。

「ハズレだったなー、ここ」

さっきのは通常ダンジョンの迷宮主だった。

『世界樹は文字通りこの世界を支える木だからな。おいそれと見つかってもらっては困る』

そりゃそうか。

「王都に来れば、何か情報があるかなってやってきたはいいが……ダメだったか」

『アイン、さん。おちこんじゃ……めっ、です。ふぁい、とー♡』

ユーリが俺を励ましてくれる。

一番がっかりしてるのは、家族に会えなかった彼女だろうに。

自分より俺のことを気遣ってくれる。

「ユーリはほんと、優しくて良い子だよな」

『ふはは、馬鹿め貴様。ユーリは超優しくて超良い子じゃ！　訂正するがよいっ』

『あうぅ～……♡　はずかしいよぉ～……♡』

俺たちはダンジョンを出る。

ダンジョンから宿のある、王都へと向かって歩く。

王都はここから歩いて半日ほどだ。

途中、大きな森を通る。

「またギルドに戻って情報収集だな」

『しかしギルドに集まる情報は、あまり信用に足るものでは無いことが証明されたな』

「だな。なにが隠しダンジョンの場所を教えてやるだ。あの情報屋。情報料ぼったくりやがって」

ギルドにいた一番の情報通ってやつから、多額の金を出して情報を買ったのだ。

しかし結果は空振りだった。

「ごめんな、ユーリ。家族に会わせてやるの、時間かかりそうだ」

『アイン、さん。気に、しないで。ゆっくりで、だいじょーぶ、です！　わがまま、いってるの、わたしの、ほーですし』

『おい小僧。ユーリに気を遣わせるな。とっとと隠しダンジョンに関する信憑性《しんぴょうせい》の高い情報を手に入れよ。十秒待ってやる』

「んな簡単に手に入るかよ……」

と、そのときだった。

「きゃぁあああああああああああ！」

……女性の、甲高い悲鳴が聞こえてきた。

『馬車がモンスターの襲撃に遭っているみたいじゃ』

ウルスラが自動で、敵の位置と情報を鑑定してくれた。

『助けてあげてっ。お願い、アイン、さんっ』

「わかってる！」

俺は【超加速】を発動し、襲撃現場へと急行するのだった。

☆

俺は超加速で強化した足で、木々の間を疾風のごとく駆け抜ける。

『敵には【魔獣使い】がいるようじゃな』

契約した魔物を自在に操るという、上級普遍職《ハイ・コモン》の一つだ。

『犬人《コボルト》が二十。あと飛竜《ワイバーン》を上空で待機させているな。まぁどれも貴様なら楽勝じゃろう』

『犬人《コボルト》（D）』

『↓二足歩行の犬型モンスター。厚い毛皮を持ち寒冷地に生息する』

『飛竜《ワイバーン》（B）』

『↓竜種の中では最弱。しかし【飛翔《ひしょう》】能力は全ドラゴンの中で最速』


「先に飛竜を殺しとくか」

『飛竜はここから見えぬくらい遥《はる》か上空で待機しておる。雷魔法で撃ち落とせ』

俺は超加速で走りながら、上空に手をかざす。

「【落雷剣《サンダー・ソード》】！」

上空から巨大な雷の剣を出現させる魔法だ。

ここからでは見えないが、おそらくは飛竜の上空に魔法陣が出ているだろう。

強烈な音が聞こえ、雷光が上空でまたたく。

『剣が飛竜を殺したぞ。ほっとけば死体が落ちてくるのじゃ』

「うっし、あとは犬人《コボルト》だな」

そうやって会話していると、森の中へと到着。

真っ白な馬車だ。

金の装飾がしてある。金持ちっぽいな。

馬車を犬人《コボルト》たちが囲っている。

その周りには鎧《よろい》を着込んだ男たちが倒れていた。

『護衛は瀕死《ひんし》。馬車にのっていた二人は連行されかけておる』

犬人《コボルト》二匹が、二人の人間を担ぎ上げていた。

「じゃあまずはそいつらからだ。【風刃】！」

右手を振ると、風の刃が射出され、犬人たちの胴体を切断した。

「ギャッ……！」

「ギャウッ！」

絶命した犬人たちは、担いでいた彼女たちを落とした。

「アォオン！」「アオォオオン！」「アオオオ！」

犬人たちは敵《おれ》に気付いたようだ。

俺は収納の魔法紋から、精霊の剣を取り出し、【斬鉄】を発動させる。

『なぜ魔法で広範囲攻撃せぬ？』

「いや一般人巻き込みたくないし」

犬人が俺に斬りかかってくる。

「【超鑑定】」

『犬人《コボルト》の攻撃の軌道』

動きの鑑定をすることで、動体視力が超強化。

犬人たちの動きが、スローモーションになると思っていたのだが。

「え……？　なんだこれ止まってる……？」

Sランクたちに使ったときは、動きがゆっくりになった。

しかしDランクの犬人たちは、完全にその場に止まっていた。

『相手が弱すぎて、動きが止まって見えるのじゃろ』

「まじか！　ほんと、すげえなぁ精霊神の義眼」

犬人の胴体に剣を軽く振る。

斬撃の威力を上げる【斬鉄】を使っているため、水に濡《ぬ》らした紙よりも簡単に斬れた。

ものの数秒で、犬人の残り全部を、余裕で切り伏せた。

「な、なんだ貴様ぁああああああ⁉」

魔獣たちの主人たる、魔獣使いが叫ぶ。

フードをかぶった、人相の悪い男だ。

「通りすがりの鑑定士だ。敵はこのとおり全部殺した。大人しく投降すれば命はとらん」

「か。鑑定士ぃ～？　嘘《うそ》つくんじゃねえ！　あのゴミ職がこんな強いわけねぇだろ！」

「嘘は言ってない。で、どうする？　投降するか？」

「はっ！　ふざけんな！　おれにはなぁ、まだ奥の手があるんだよぉ！」

勝ち誇った顔の魔獣使い。なんだか自信ありそうだ。

「え？　飛竜《ワイバーン》以外にもまだ何か飼ってるのか？」

「聞いて驚け！　おれはワイバー…………………へ⁉」

魔獣使いが大きく目を見開く。

「な、なんでてめえ！　飛竜《ワイバーン》がいることを知ってやがる⁉」

「……なぁんだ。奥の手ってそれかよ。そんなの、とっくに倒したぞ」

「ば、バカ言うんじゃねえ⁉　Bランクの竜種だぞ⁉　実力のある冒険者だって倒すのに苦労するんだぞー！」

と、そのときだった。

上空から、さっき倒した飛竜が、俺の目の前に落ちてきたのだ。

「…………………うそ、だろ？　し、死んで…………る？」

飛竜は丸焦げになっていた。

白目をむいて、だらりと舌を出している。

「で？　どうする？」

「大人しく投降します！　命だけは助けてくださいぃいいいいい！」

魔獣使いがその場で土下座する。

無益な殺生しなくて良かったわ。

その後、縄で魔獣使いを拘束。

俺は飛竜と犬人から能力を鑑定《コピー》しておく。

『飛竜から【飛翔】。羽がなくとも飛べるようになるそうじゃ。犬人からは【耐性・氷属性】じゃと』

「さて……と。敵も鎮圧したし、負傷者の安否確認と手当てだな」

『そっちは、お、任せ！』

ぱぁ……と俺の目が光ると、ユーリとウルスラが出てくる。

彼女たちが負傷者の治療を行う。

「じゃあ俺は生きてる二人に話聞くか」

馬車へと向かう。

そのそばで、一般人が二人、へたり込んでいる。

一人は豪華なドレスを着た少女。

もう一人は、スーツを着た、大人のひとだ。性別はわかりにくい。

「大丈夫か？」

「…………」

少女はぽかんとしていた。その眼は妙にキラキラしている。

「もしもし？　大丈夫か？」

「は、はいですわ！」

少女は立ち上がると、何度もうなずく。

「やっとみつけた！　わたくしの勇者様っ！」

目を♡にして、俺に抱きつく。

け、結構胸あるな。

もう一方が、俺に近づいてくる。

二十代前半から中盤くらいだろうか。

背が高く、ビシッと着込んだスーツとあいまって、大人なイメージだ。

「あ、あんたこの子の親かなにか……？　こいつなんとかしてくれ」

「いいや違う。そして少年、それはできない相談だ」

そのひとは首を振る。

「こちらにおわすお方はこの国の【第三王女】。私ごときが命令を下して良い立場ではない」

「お、王女だぁ⁉」

少女は俺に抱きついたまま、笑顔でうなずく。

「わたくしは【クラウディア・フォン・ゲータ・ニィガ】。国王の娘ですわ♡」

「私は【ジャスパー】という。商会の社長《リーダー》をやっているものだ」

☆

魔獣使いを撃破した後。

お礼がしたいからと、俺は商人【ジャスパー】の屋敷へと招かれた。

王都にある、一番立派でデカい屋敷。

そこの応接室に、俺たち（ユーリ、ウルスラは顕現してる）は通された。

王の住む城と錯覚するほど、広くて豪華だ。

座ってるソファはフカフカでお高そう。

「やぁ、少年。待たせてすまないね」

商人のジャスパーが、王女とともに部屋へ入ってくる。

すらりと背が高く、赤く長い髪。起伏の少ない体つきをしており、性別が判別しにくい。

「勇者様～♡」

クラウディアは俺の元へと、小走りでやってきた。

「だめ……ですっ！」

バッ、と俺の前に、ユーリが両手を広げて立つ。

「あら？　あなたは？」

「わたしは、ユーリ！　アイン、さんの……お、およめさん！」

かっ！　とユーリが目を見開いて言う。

……な、何を言ってるんだ、この子は？

「わたくしはクラウディア。勇者様のお嫁さん二号になりたいと思ってますの！」

「あきらめ、ない……だと……！」

「どうして？　一人の夫に複数の妻がいることなんて、なにも珍しくありませんわ♡」

「がーん！　外の常識、に、しょっく……！　おかーさーん……」

ユーリは目を潤ませて、ウルスラの細い腰に抱き着く。

賢者はよしよしと娘の頭を撫でた。

「そろそろ本題に入りましょう」

王女は俺の正面に立つと、深々と頭を下げた。

「このたびはわたくしたちを守ってくださって、ありがとうございました」

人に感謝されることなんて久しくなかったから、なんとも気恥ずかしい。

けれど、勘違いして欲しくないので、俺はきちんと訂正する。

「お礼を言うならユーリにしてくれ。あんたの部下を治療したのは、ユーリだから」

「ありがとうございます、ユーリさん♡」

照れたユーリは母《ウルスラ》の陰に隠れるように、体を小さくして座った。

「わたくし何か粗相をしてしまったでしょうか？」

「いや、照れてるだけだと思うよ」

ユーリは耳先を赤くして、ピコピコと動かす。

「後日正式にお礼させていただきますわ……さて……勇者様ー！」

クラウディアが子供のような無邪気な笑みを浮かべて、両手を広げて近づく。

ユーリが王女の前に立ち、両手を大きく広げて言う。

「アイン、さん。さわっちゃ、めっ！　アインさん、じゃなく。わたし、を、さわれー！」

「かしこまりましたわ～♡」

きゃあきゃあとはしゃぐ二人を、ウルスラが温かい目で見ていた。

「良かったな、友達ができて」

「そうだな、ふふっ……。まあいちおうおまえのおかげだ。まぁ、感謝してやらんでもない」

珍しくウルスラが素直だった。

頬を赤く染めて、ぷいっとそっぽを向く。

「少年、ちょっと相談があるんだが、いいかな？」

今まで静観していた商人ジャスパーが、俺のとなりに腰掛ける。

俺の手を握って、

「私のものに、なってくれないか」

「…………………………はへ？」

「「ええ────────⁉」」

少女たちが、声をそろえて驚く。

「ど、どういうことですの、ジャスパー⁉」

「だ、だめー！　アインさんは渡さないぞぉ！」

わあわあと少女たちが騒ぐ。

「えっと。つまり……どういうことだってばよ？」

「誤解を招いているようだね。では順を追って説明しよう。私は【銀鳳《ぎんおう》商会】という多少規模の大きい商業ギルドで頭目をやっている」

「ぎ、銀鳳って……おいおい、あんたの商品、どこにでも置いてあるぞ？」

「まあ実際儲《もう》かってはいる。だがしかし、金なんて正直どうでも良いんだ」

「じゃあなんで商人なんてやってるんだ？」

ジャスパーは笑顔で「ついてきたまえ」と言って手招きする。

俺たちは応接室を出る。

案内のもと、地下室へとつれてこられた。

「すごい、です……宝石、きらきら、いっぱい……」

地下室を埋め尽くすのは、様々な宝石だった。

金剛石《ダイヤ》、青玉《サファイア》、紅玉《ルビー》。

あらゆる宝石が、大量に、そして整然と飾られていた。

「私はこの美しい宝石たちを心から愛してる。この世にある宝石のすべてを保管し、世界の宝であるその美しい輝きを永遠に残していきたいのだ」

うっとりとした表情で、部屋中の宝石を見回すジャスパー。

「私利私欲の為でなく、宝石を世界から失わせないために集めて保管してる感じか？」

「そのとおり。だが宝石収集には金がいる。だから商人をやっているのだ」

冒険者だった俺の感覚だと、ひとは金のために財宝を欲する。

だがこの人は目的と手段が逆のようだ。

「こやつはウソを言ってるようには見えぬな。世の中、変わったやつもいるものだ」

ウルスラがあきれたようにため息をつく。

賢者様がそう言うなら、ジャスパーの言動に嘘偽りはないのだろう。

「あんたが宝石に命をかけてるのはわかった。けど、俺がほしいってことと、どう関係が？」

微笑をたたえながら、ジャスパーが俺に近づいてくる。

くい、っと指先で、俺の顎を持ち上げる。

「私は君のその目を見た瞬間、心から君にホレてしまったのだ」

熱っぽい視線を、ジャスパーが俺に向ける。

「は？　へ？　目……？」

「そう、君の左目は、【精霊核】。この世にかつて存在した、世界樹の力の源泉たる結晶だろう？」

うっとり、とした表情で、ジャスパーが俺の目を見つめる。

「伝承によると精霊核は、世界樹が魔王【ミクトラン】を封印する際にチカラを使い、失われたらしい。そんな貴重なものが目の前に現れた。これは奇跡だと私は思ったんだ」

恍惚《こうこつ》の笑みを浮かべるジャスパー。

「魔王ミクトランって、誰だそれ？」

「かつてこの世に存在し、世界を破滅に導こうとした最悪の存在だ」

「世界樹は魔王を封じた後……どうなったんだ？」

「力を使い果たし、枯れてしまったのだ」

地上にあった一本は、そんな経緯があって失われたのか。

「私はどうしても精霊核を、この手に収め、保存したくてたまらなかったのだよ」

はふ、とジャスパーが悩ましげに吐息をつく。

「一本目の世界樹のときのように、また精霊核がなくならないように保存したいってこと？」

「そのとおり。必死に探し回ってたところに君が現れた。これは神が与えし運命の邂逅《かいこう》だ」

目に♡を浮かべて、ジャスパーが俺の前に跪《ひざまず》く。

「実物を見て一気に心を奪われた。君は素敵だ。私を君の目の前にいさせてくれないか？」

真剣な表情で、ジャスパーが俺に頼んでくる。

「いや、しかし……俺にも生活があるし」

「もし了承してくれるのなら私の権力が及ぶ範囲で、君の望みすべてを叶《かな》える。それでどうかな？」

「ええっと……」

俺が答えに困っているそのときだ。

「……おい小僧」

くいっ、とウルスラが俺の服を引っ張る。

全員から離れたところで、俺はウルスラと会話する。

「貴様、申し出を断るつもりか？」

「まあな。関係ないやつに、俺たちが世界樹を探してることを知られたらまずいだろう？」

彼女は真剣な表情で、ジャスパーを見やる。

「あの商人は精霊核を長年探し続けていたのだろう？　なら世界樹に関する情報も、かなり持っているのではないか？」

それは、たしかにそうかもしれない。

「ウルスラはジャスパーを信用するのか？」

「いや、しかしこやつが私欲を満たすために宝石を集めていないのは事実」

あくまでも精霊核の保護が目的らしいからな。

「情報収集には金とコネがいる。あの商人と手を組めば世界樹発見の確率も上がるだろう」

ウルスラの言う通りではある。

なんにせよ俺個人のチカラでは、隠しダンジョンは見つけられそうにないしな。

俺はジャスパーの元へ行く。

「おまえからの申し出、謹んで受けさせてもらうよ」

「そうかっ！　ありがとうアイン君！」

ジャスパーは満面の笑みを浮かべると、はしっと俺を正面からハグする。

「むぅ、アインさん好きな人、いっぱい。ライバル、多し」

「頑張りましょう、ユーリさん。我々も負けてはいられませんわ！」

「うん！　がんば、ろー！」

なんだかよくわからんが、意気投合するユーリ達。

その間も、ジャスパーは俺にほおずりをしていた。

「少年。今日からウチで暮らさないか？」

「え？　いいのか？」

「無論だ。君は私の大事な人なのだからな」

うっとりとした表情で、ジャスパーが俺の顔を撫でる。

「ちょっと相談があるんだが、精霊核の他の情報とかって持ってるか？」

「あるぞ。大量にな。だが中には危険地域も多く、調査にいける実力者がいなくて、歯がゆい思いをしていた」

「その情報、俺に教えてくれないか。上手くいけば精霊核が他にも手に入るかもしれん」

「わかった！　すぐ手配しよう！」

かくして俺は、ジャスパーという新たな協力者を得たのだった。

7話　鑑定士は二人目の精霊と出会う

商人ジャスパーの援助を受けることになった。

それから一週間後。

商会がもっとも隠しダンジョンである確率の高い場所を、絞り込んでくれた。

俺はダンジョンのある、東方へと向かうのだった。

『わぁ！　アインさん！　お空びゅんびゅん！　速いですー！』

左目からユーリのはしゃぐ声が聞こえる。

眼下には森が広がっており、その上をハイスピードで、俺は【飛んでいた】。

「しっかしワイバーンが持っていたこの飛翔《ひしょう》の能力《アビリティ》、すさまじいな」

翼が生えているわけでもないのに、鳥のように俺は大空を飛翔している。

賢者様曰《いわ》く、俺の体を覆うように、見えない風の力場が形成され、それで飛んでるんだと。

「空を飛ぶなんて夢みたいだぜ。ありがとな、ユーリ」

『ううん、わたし、こそ、アインさんの、おかげで、お空飛べました。ありが、とー♡』

なんだか良い雰囲気だと思っていると。

『ぐぎ、ぐぎぎぎぎぎ〜〜〜〜〜〜！』

『おかーさん、どーしたの？』

『ユーリがうれしそうなのに、素直に喜べないぃぃいいいいい！』

そんなこんなありながら、俺たちは目的地のダンジョンへとたどり着いた。

「馬車で二日の距離にこんな短時間でつくなんてな」

俺たちがいるのは、深い森の中にひっそりと建っていた祠《ほこら》の前だ。

どう見てもダンジョンに見えないが、祠をどかすと、地下へ通じる通路があったのだ。

「よくこんなところにダンジョンがあるって気づいたよな」

『まったくじゃ。大森林の中から祠を探し出すだけでもだいぶ苦労するぞ』

やはりジャスパーと手を組んだのは正解だったな。

「よし、いこう」

『……はい』

ユーリが不安げに言う。前回空振りだったからな。

今回もダメかも、と思っているのだろう。

「大丈夫。きっとこの先に妹か姉ちゃんいるよ」

『……はいっ♡』

俺は地下へと続く階段を下りる。

道中真っ暗だったが、義眼のおかげで視界を保てている。

『えへへ♡　アインさん、やさしーです、大好き、です♡』

可愛い女の子に大好きと言われ、気恥ずかしさを感じる。

『こ～ぞ～お～。必要以上に仲良くすると貴様の体が大変なことにな～る～』

「こ、怖いこと言うなよ。なんだよ大変なことになるって？」

『爆発四散し永久凍土に封印されることになるな』

「怖《こえ》えよ。やめてくれよ！」

『いじわる！　おかーさん！　ぷんぷん、です！』

『ぬわぁあああああん！　ユーリぃいいいいい！　母はおまえのためを思ってじゃなああ！』

そんなふうに石段を下へ下へと向かって歩いていくと、やがて通路にたどり着いた。

「ほんとだ、内部はいつものダンジョンみたいだ」

風が奥へ向かって吹いていく。

ほの暗い通路。かつては化け物の口の中のように思えて、恐怖で足がすくんでいた。

けれど、今は違う。

「進もう、家族が待ってるぜ、きっと」

迷いも恐れもなく、俺は歩を進める。

俺の背中を押してくれるのは、世界最強の義眼と、力を貸してくれる美しい少女たちだ。

道中の雑魚を蹴散らしながら、俺は進んでいく。

ややあって、通路は行き止まりになっていた。

「ここか？」

俺の前方には、迷宮の壁があるだけだ。

『壁に転移の魔法が付与されておる。触れれば中へ入れるみたいじゃゃ』

ウルスラがよく使っている転移の魔法か。

「よし……いくか」

俺は壁に手をふれる。

すると壁自体が発光。まばゆい光に包まれる。

……次の瞬間、俺は別の場所に立っていた。

「な、なんじゃこりゃ。密林《ジャングル》みたいだ……それに、空もある」

生い茂る植物。

動物のぎゃあぎゃあというやかましい声。

そして蒸し暑い。立っているだけで汗がにじんでくる。

ダンジョン内とは、とても思えなかった。

『どうやら強力な幻術の魔法で、ダンジョン内部の構造を変えてるみたいじゃゃ』

「幻術か……」

『強力な術じゃ。膨大な魔力が使われておる。世界樹がなければ成り立つまい』

「じゃあこれでここに世界樹があるのは確定ってことか。だってさユーリ、良かったな！」

俺の左目が輝き、金髪の美少女が出現する。

「うんっ♡　うんっ♡　わーい♡」

ユーリは花が咲いたような笑みを浮かべる。

それを見て、俺はほっとした。

長い年月発見されなかった世界樹を、俺なんかが見つけられるかなと。

結構不安なところがあったからな。

「ここにはユーリの家族のだれがいるんだ?」

『幻術を使うとなると、【ピナ】がおると思われる』

「わたし、の、妹、です! いたずら好き、の、かわいい、子!」

ユーリが弾んだ声で言う。

そりゃそうか。超久しぶりに妹に会えるんだもんな。

そのときだった。

『そうでーす☆ おねーちゃーん!』

どこからか、甲高い女の声が響いてきた。

周囲を見渡すが、声の出どころがわからない。

「ピナ、ちゃん!」

ユーリが笑みを濃くする。

どこにいるのかと、きょろきょろとせわしなく、辺りを見渡していた。

『ユーリお姉ちゃんじゃん! わ~☆ ひっさしぶり~。何しに来たの?』

「おまえに会いに来たんだよ」

俺が口を挟むと、ピナは少し黙り込む。

『へえ……お姉ちゃん、人間と手を組んだんだ』

なんだか含みのある言い方だった。

『ま☆　いーや。アタシ、奥で待ってるね☆』

「姉が会いに来たんだから、転移とか使っておまえのところに連れてけないのか？」

『ごっめーん☆　アタシそういうの使えないんだ☆　だから歩いてここまできて～』

まあ、そうか。転移魔法は高度な技術みたいだしな。

ウルスラ以外が使っているところ見たことないし。

『あ、ここね侵入者防止用にトラップとかモンスターとかうじゃうじゃいるけど頑張って☆　あと結構入り組んだ内部構造してるけど迷子にならないようにね』

祠を発見する時点で難易度高いけど、ここを見つけられる奴がゼロじゃないからな。

そいつらが世界樹にたどり着けないように、自己防衛するのは当然だろう。

「わか、った！　わたし、がんばる！」

ふすー、とユーリが鼻息荒く言う。

『がんばるのはお姉ちゃんの彼氏でしょ～？』

「か、彼氏だ、なんてぇ♡　ちがう、よぅ～♡」

ユーリは顔を真っ赤にし、とろけるような笑みを浮かべて、体をくねらせる。

『ふーん。まいいや。待ってるからね☆　あ、無理ならすぐギブアップ宣言してね。外へ追い出すことは簡単にできるから』

どうやら迷宮を突破しないと、妹に会えないようだ。

「よし、いくか。ユーリは危ないから目のなかへ」

「はい！　アインさん、がんばってっ。ふぁいと！」

そう言って、ユーリは消える。

「おうよ、まあ、楽勝だろうけど」

『ふーん。言ってくれるじゃーん。けど無理だと思うよ～？』

ピナが意地悪そうに言う。

『ここのモンスター、めっちゃ強いから。ダンジョン罠《わな》も幻術で巧妙に隠されてるし、自慢じゃないけど全部の隠しダンジョンのなかで、アタシのが一番難易度高いと思うな～』

「そうか。ま、問題ないよ」

俺はジャングルの中を進む。

『目の前に落とし穴トラップがあるぞ』

ウルスラに言われたとおり、俺はジャンプして落とし穴を避ける。

『えぇえええええ！　な、なんでなんで～～～～～～～～～～⁉』

ピナの声が響く。

どうやらダンジョン内の様子を監視できるらしい。

『なんでそのトラップに気づけるわけ⁉　普通の地面に偽装してたじゃん！』

「最強の目とガイドがいるんだよ。罠も敵の位置も、正解のルートも把握できる」

『はぁ〜〜〜〜〜〜⁉　な、なにそれズルじゃん！　ズルズル！』

「別にズルじゃねーだろ。自分の能力で迷宮を突破しようとしてるだけじゃないか」

『きぃ〜〜〜〜〜〜！　ま、まあいいよ！　ダンジョンのモンスター！　これがめっちゃ強いから！

ぼっこんぼっこんのけっちょんけっちょんにするから！』

ちょっと進んでいくと、ウルスラの通信が入った。

『白猿《ホワイト・モンキー》。Sランクの猿型モンスターじゃな。遠くからこちらに魔法を撃とうとしておるぞ』

ウルスラが敵の位置を鑑定。

俺は超加速し、敵が攻撃してくる前に、【斬鉄】を付与させた精霊の剣で切り捨てた。

『なんでぇえええええええ⁉』

ピナがまた叫ぶ。

「え、めちゃくちゃ強い敵って、もしかしてこれのこと？」

『ま、まだいるし！　つ、強いのめっちゃいるから！　ほんとだしー！』

☆

世界樹の精霊・ピナに会いに、隠しダンジョンを進む俺たち。

『よし小僧、ソッコーでクリアするぞ！』

幼女賢者ウルスラが、鼻息荒く言う。

「気合入ってるな」

『当たり前じゃ、一秒でも早く、愛娘を妹に会わせてやりたいからな！』

娘思いのいい母ちゃんだよな、ウルスラって。

『正解のルートはすでに鑑定済み！　トラップの位置も知らせよう。さっさとユーリを妹に会わせてやるのじゃ！』

「おうよ。俺もユーリのためにがんばるぜ」

『ふたり、とも、ありがとー♡』

俺は密林ダンジョンの中を進む。

ウルスラというガイドがいるため、まったく道に迷わない。

あちこち分岐する道の中、正解を的確に選んで進む。

『ちょっとちょっと反則ー！　ルート鑑定なしなしー！　それじゃあつまんなーい！』

ピナが不満げに声をあげる。

『知ったことか。ユーリの笑顔が最優先！　はいそこトラップ！』

また巧妙に隠されていた落とし穴を、ウルスラが発見する。

『せっかくアタシがいっぱい頭ひねって作った巨大迷路なのにー！』

なんか防衛用とか言いつつ、こいつ迷路作るの楽しんでないか？

『ピナ、ちゃん。昔から、いろいろ作って、楽しませるの、好きな子でしたから』

「オモチャとダンジョン一緒にするのもな……最悪、人死ぬだろうし」

『アタシそんなダンジョン作らないもん！　危なくなったら外に追い出すシステム作ってあるし、トラップも引っかかった後外へポイってなるもん！』

「じゃあ最初から侵入者が来たらすぐ追い出せよ……」

『それじゃつまんないじゃん！』

何はともあれ、密林の中を俺は進む。

ここはダンジョンなので、当然、モンスターが出現する。

『アラウネじゃ。下半身が植物のSランクモンスター。あらゆる植物の種を生み出す』

アラウネは右手を前に出す。

足元から蔦《つた》が生え、俺の体に巻きつこうとする。

「【超鑑定】」

『↓アラウネの巻き付き攻撃の軌道』

『↓攻撃反射のタイミング』

蔦の動きが遅くなる。

攻撃を喰《く》らう前に、俺は剣の腹で蔦を弾いた。

パリィイイイイイイイイン！

だが弾いた瞬間、何か種子のようなものまで一緒に弾いてしまった。

ぶしゅぅうう………！

『眠りの花粉が入った種だよっ？　どうどうっ？　眠くなった？』

「いや、別に」

『ええ――――⁉　なんでぇええええええ⁉』

【毒大蛇《ヴァイパー》】から鑑定《コピー》した【耐性・全状態異常】があるからな。

「俺に状態異常攻撃は効かないよ」

『なにそれずるいずるいずるぅ――――――い！』

ピナが駄々っ子のように言う。

俺は【超加速】を発動。

アラウネに近づいて、【斬鉄】を使用した剣で、胴体をぶった切る。

その後、能力《アビリティ》を鑑定《コピー》。


『万能種子（S＋）』

『↓あらゆる食物・植物を生み出す魔法の種子を生成する』

『万能菜園（S＋）』

『↓特殊な栄養素を含んだ樹液を分泌する。これを垂らした地面に埋めたものは、どんなものでも大量生産できる』


「よし、次いくか」

通路を進んでいくと、やたらとトラップがあった。

『上から物が落ちてくるぞ！』

『今度は下に落とし穴じゃ！』

『普通の花に擬態した食虫植物じゃな。しゃらくせえ！』

俺はそのことごとくを、鑑定することで回避する。

まあ俺がというか、ウルスラが娘のために頑張りすぎてるんだけどな……。

『なんでトラップひっかかんないの⁉　一個くらいひっかかってよぉおおおお！』

ウルスラがハイスペック罠探知機すぎた。

なんだか罠を仕掛けたピナがかわいそうになってきたな。

『おかーさん、おとなげない、です』

「一個くらいわざとひっかかってやろうぜ」

『むきゃー！　同情なんていらないんだよぉー！』

しかし改めて思ったのは、進化した鑑定能力はすごいってことだな。

罠をことごとく看破していっている。

義眼にウルスラの頭脳が加わることで、高難易度の迷宮をこうしてサクサク突破できてる。

『こうなったらもうモンスターしかないっ！　アタシの敵を討つんだよ！』

なんか俺が悪者みたいだな……と思っていたその時だ。

ガキンッ……！

「なんだ？　今の」

『誰かが陰から攻撃したみたいじゃ』

「まじか。敵が見えないぞ」

『どうやら【隠密】の能力を使っているようじゃな。透明になり敵から見えなくなる』

ガキンッ！　ガキンッ！　ガキンッ！

さっきから見えない敵が、俺に不意打ちを喰らわせる。

『だからなんでダメージ喰らってないのぉおおおおおお⁉』

「俺【不意打ち無効化】って能力があってだな」

『きぃ〜〜〜〜〜〜！　卑怯《ひきょう》だよぉ！』

「ちなみに通常攻撃も【不動要塞】って能力があるから完全に効かないぞ」

『そんなのもう無敵じゃん！　強すぎる反則だ――――！』

申し訳ないが、まあ俺はユーリをピナの元へ送り届けないといけないからな。

手は抜けない。

『で、でも！　うちの暗殺蟻《サイレント・アント》の【隠密】能力には勝てないみたいね！』

「まあそもそも全部不意打ちにカウントされてるから、負けてないんだけどな」

『そうだった！　くっそぉ〜〜〜〜〜〜！』

『茶番は終わりじゃ。位置を鑑定しておいたぞ』

「了解。【重力圧】」

ウルスラに指示してもらった位置に、重力場を発生させる。

広範囲に多数いたモンスターたちを、一気に押しつぶした。ついでに能力を鑑定。


『隠密（S＋）』

『↓特殊な膜で体を覆う。体を透明化するだけでなく、本人が持つ匂いや気配などを完璧に消す』

『背面攻撃《バックアタック》（S＋）』

『↓脚力を超強化。視界に入っている敵の背後に一瞬で跳ぶ』


『なにSランクモンスターを楽勝で倒してるのよぉ！！！』

「ウチのユーリさん、かなりチートなもんで」

『うぇえええええええん！　お姉ちゃんのばかぁ――――――――！』

『うう……ピナ、ちゃんっ。ごめん、ね……』

ユーリが逆に申し訳なさそうにしていた。

妹のいたずらを、次から次へと、大人げなく見破っていってる感じなのだろうか。

『つ、次はほんと強いから！　びっくりして腰抜かすから！　ゆけー！』

『蜘蛛女《アラクネ》とケンタウロスじゃな。下半身蜘蛛《くも》の女と下半身馬の男のセット』

二体同時か。

どうやら向こうもなりふり構っていられなくなったのだろう。

「ギッシャァアアアアアアッ！」

蜘蛛女がケツから、大量の白い蜘蛛の糸を吐き出す。

『【粘糸】じゃ。剣で切り払うのもやめておけ』

俺は超加速を使って距離を取る。

そのままアラクネを、炎の魔法で焼いて殺した。

『二秒後に小僧の側頭部を狙って、ケンタウロスが矢を打ってくる。弾き飛ばせ』

「【超鑑定】」

『↓ケンタウロスの矢の攻撃反射のタイミング』

ひゅんっ……！

パリィイイイイイイイイン！

剣で弾き飛ばした矢は、凄まじい速さで、ケンタウロスへと跳んでいく。

『ケンタウロスには【矢避け】という能力があって、遠隔攻撃を自動で避ける。近づいて殺せ』

俺は【超加速】を発動。

矢が飛んでいった先へと走る。

ケンタウロスが矢を避けるタイミングを狙って、俺は【斬鉄】付与の剣で胴体をぶった切る。

『アラクネから【鋼糸】、【粘糸】。ケンタウロスから【魔法弓】、【矢避け】をコピーしたぞ』

「ふぅ……」

モンスターのラッシュも、ウルスラのサポートのおかげで難なく切り抜けたな。

『Sランク二体を同時に倒すとか……なんなのバケモノなのお兄さん？』

「いや……普通の鑑定士だけど」

『あんたのどこが普通なのよぉもぉおおおおおおおおおおおお！』

☆

ウルスラによる補助のおかげで、驚くべき速さで隠しダンジョンを突破していった。

これならもうすぐユーリを妹に会わせてやれる、そう思っていた矢先だ。

「なんで迷宮主《ボスモンスター》の部屋があるんだ……？」

蔦に覆われた石の巨大な扉を見上げながら、俺はつぶやく。

かつてユーリのいた迷宮で、見たものと同じだった。

『そりゃダンジョンの最後と言ったら、ボスモンスターいないとね！』

ピナがウキウキしながら言う。

「これ倒したらおまえのところ行けなくならないか……？」

『迷宮核を壊さなければ大丈夫じゃろう』

『そう！　ボスを倒さないと、お姫様のいる部屋にまではたどり着けない！　これゲームの鉄則！』

……ピナが何を言ってるのか、さっぱりだった。

まあとにかくボスを倒せば、いよいよピナに会える訳か。

「ユーリ。ちょっと待ってな。ちょろっとボス倒して、すぐおまえの妹に会わせてやるから」

『はい♡　信じて……ます♡』

俺はうなずいて、石の扉を開く。

中もまた密林になっていた。

「敵はどこだ？　ウルスラ」

『どうやら、貴様の立っている地面がそうらしいぞ』

「な、なんだって……？」

そのときだった。

ごごごッ……！　と地面が揺れた。

激しい揺れに立っていられなくなる。

『【霊亀《れいき》】、というSランクのモンスターらしい。その実体は、山の如き巨大な亀だ。背中に草木が生えてるから、密林の中だと勘違いしていたようじゃな』

「とにかく……脱出だ！」

俺は【飛翔】能力を使用し、飛び上がる。

「ガアァアアアメェエエエエエエエエエエエエ！！！！」

……眼下には、恐ろしい大きさの亀がいた。

最初、山かと思った。

甲羅の上に密林が載っている。

ぶっとい首と手足。

そのフォルムはまごうことなくカメ。

「デカすぎるだろ！」

『泣き言を言うな。敵は攻撃を待ってくれぬぞ』

「わかってる！」

俺は空中で【火球】を撃つ。

その数は百。

百発の火の玉を、霊亀の眼めがけて撃つ。

ドガガガガァアアアアアアアアアン！

「やったか……？」

『生きておるようじゃな』

「マジかよ……」

あれだけの数の魔法を喰らって、霊亀はピンピンしていた。

「……なんか、違和感があるな」

『わしも同意見じゃ。どうにも霊亀から、妙な魔力の波動を感じる』

「妙ってなんだよ？」

『わからぬ、懐かしいような、そうでないような……』

「ガァアアアアアメェエエエエ‼」

『魔法【水流弾】を小僧めがけて撃ってくるぞ』

霊亀は口を開き、空中の俺めがけて、水の魔法を撃ってきた。

ともあれ、今は対処が先だ。

「【超鑑定】」

魔法の速度が、スローになる。

攻撃が当たる瞬間、剣の腹で弾いた。

弾き飛ばされた水流弾が、霊亀めがけて跳んでいく。

激しい破壊音はした。

だが、敵はピンピンしていた。

「………………」

俺は一度着地する。

眼前には、仰ぎ見るほどの、巨大なカメ。

霊亀は足元の俺を前に……微動だにしなかった。

「……変だ」

『どうした、逃げぬと踏み殺されるぞ？』

奥の壁を見やる。

壁が、破壊されていた。さっき反射した攻撃のあとだろう。

「ガメエエエエエエエエエエエエエエエエエエエエエ！」

霊亀は巨大な足を、俺めがけて振り下ろそうとする。

『小僧！』

「大丈夫だ、問題ない」

俺はあえて、防御の体勢を取らなかった。

振り下ろされた足は、しかし、俺の体をすり抜けた。

「やっぱりな。【超鑑定】」

『↓霊亀の正体』

『↓※【幻術】によるジャミングのため、鑑定不能』

『……なるほどな。やるな、小僧』

珍しくウルスラが褒めてくれた。

霊亀めがけて、右手を差し出す。

「おいカメ野郎。おまえそれ、張りぼてなんだろ？」

ギクッ……！　と霊亀が肩をふるわせていた。

「だろうな。【解呪《ディスペル》】！」

不死王から鑑定《コピー》した能力を、発動する。

あらゆる魔法、呪いを解除する能力《アビリティ》だ。

俺が【解呪】を発動させた瞬間……。

巨大なカメは、煙のように消えた。

そして……足元に、通常サイズのカメがいた。

「やっぱり、空間ごとデカく見えるよう、幻術かけてやがったんだな」

よく考えなくても、この山みたいなカメの入れるスペースが地下にあるわけない。

つまり……この空間そのものが、幻術で作られた偽の空間だった、ということだ。

『精霊の強力な幻術じゃ。だから、守り手であるわしにも見抜けなかったのじゃろう』

悔しそうにウルスラが言う。

『今回ばかりは……貴様の手柄だ。褒めてやる』

「め、珍しいな、あんたが褒めるなんて」

『勘違いするな。貴様をユーリの男として認めたわけじゃないからな』

「はいはい……っと」

俺は霊亀を見下ろす。

「【鑑定】」

『玄武（幼体）』

『↓天地創造の四聖獣・玄武の子供』

『鑑定結果すらも幻術で変えられていたみたいじゃな……って、ん？　んん⁉』

ウルスラが何だか知らないが、妙な声をあげる。

「どうした？」

『いや、あ、アインよ。その亀、いや、そのお方は……』

そのとき、亀が俺の足元に、すり寄ってきた。

俺は精霊の剣を手にする。

こいつを倒さないと先に進めないか。

「…………」

だが、剣を振り下ろせなかった。

「子供を殺すのは……ちょっとな……」

剣を右手の魔法紋の中にしまい、亀を持ち上げる。

『……ありがとう、優しい守り手くん♡』

……ん？

なんか聞こえたような……まあ気のせいか。

「で？　ピナさんよ。この亀を倒さないとダメなのか？」

『も、もちろんだよ！　ボスを撃破しないとゲームクリアできないからね！』

ジッ、と亀が俺を、つぶらな瞳で見上げてくる。

安心しろって、別に殺しはしないからよ。

「けど俺はおまえの幻術を破って、しかも敵の正体がたいしたことないものだって看破したぞ？」

『ぐぬっ』

「隠し球はもうないんだろ？　幻術見破った時点で俺の勝ちだろ」

『ぐぬぬっ』

「おまえこれでも勝ち認めないつもりか？　こんな小さな可愛い亀の命を見殺しにするってのか。

ひでえやつだなおまえ」

『あーも――――――！　わかった！　わかったよ降参！　アタシの負けッ！』

すると……奥の部屋の扉が開く。

どうやらあの先に、世界樹が、精霊ピナがいるようだ。

かくして、俺は第二迷宮のボスを打ち破ったのだった。

☆

俺は、奥の部屋の扉を抜け、世界樹【ピナ】のもとへと、やってきていた。

ユーリと初めて出会った場所に似ていた。

木に向かって歩くと、そこに小柄な女の子がいた。

外見の年齢は十歳くらい。

ショッキングピンクの短い髪を、ツインテールにしている。

小柄な割に胸が大きい。

服は、見たことのないような服だ。

白い上着に、赤く長いスカート。どことなく神聖な服装に感じた。

「ピナ、ちゃ～～～～～～んっ！」

顕現したユーリが、少女の元へ駆けていく。

ユーリはピナを、正面からハグする。

「ピナちゃん！　ピナちゃん！　あいたかった、よぅ！」

むぎゅーっとユーリが、妹を強く抱きしめる。

「お、お姉ちゃんくるし～」

「わわっ、ご、ごめんね。うれしくて、つい……」

しゅーん、とユーリが長い耳を下げる。

「ふーむ、ていやー！」

ピナが両手で、ユーリの大きな乳房をわしづかみにする。

「ひゃん♡」

パンをこねるかのように、ピナがおっぱいをもみくちゃにする。

「んも～。お姉ちゃんってば、いつの間にこんなわがままおっぱいを手に入れたんだっ？」

「ひゃう♡　く、くすぐったいよぅ♡　やめてよぅ♡」

「ぐふふ、そのうち気持ちよーくなっていくんだよぉ～。ほれほれ」

そんなふうにピナは、姉の胸をもみしだく。

「あれは何をやってるんだ？」

『ピナなりに、お姉ちゃんを励ましてるのよ』

「へぇ、意外とやさしいとこあんだな、……って、え？　だれ、今の？」

ウルスラに話しかけたはずだったのだが、別人の声が聞こえた気がした。

「まさかこの亀が？　まさか、そんなわけないか」

さっき拾った亀を、俺はなんとなく持ち続けている。

地上の池にでも放流するつもりだった。

一方で、姉妹は笑顔で話し合っている。

「お姉ちゃん！　ひさしぶり～」

「うんっ、うんっ、ひさし、ぶり！」

ピナをハグしたまま、くるくるとユーリが回る。

楽しそうで何よりだ。

「それで？　その人が、アタシをいじめた意地悪お兄さん？」

じとーっと、ピナが俺を見てくる。

「ちがう、よ！　アイン、さんは、優しい、もん！」

「ふーん。お姉ちゃんはお兄さんにゾッコンなんだー」

「ちちち、ちがう、よ！」

ユーリが長い耳をパタパタさせながら、首を振る。

ピナは実に楽しそうに口の端を吊り上げる。

「へー？　じゃあなんで顔真っ赤なの？　ねーねー、どうしてどうして～？」

つんつん、とピナがユーリの脇腹を指でつつく。

一方ユーリは真っ赤な顔で黙っている。

「あー、楽しかった。一通りお姉ちゃんいじって満足満足♪」

「ピナ、ちゃん……あいかわらず、いぢわる、です」

けど、とユーリはにっこりと微笑んで言う。

「うれし、かった……。家族が……変わらず、元気で」

「んも～。お姉ちゃんってば……おおげさなんだからさ……」

ピナの小さな肩が、少し震えていた。

この子もまた、ユーリ同様、家族に会えてうれしかったのだろう。

ややあって。

「アタシもお兄さんについてってもいい？」

「何を突然言い出すんだよ？」

「もう地下はあきた！　それにゲームマスターも疲れた！　もう廃業！」

時々この子、よくわからんこと言うな。

「俺についていくって、具体的にどうするんだよ？」

「アタシの精霊核をお兄さんにあげる。それ使ってお姉ちゃんのやつと同じ風にしてよ」

「精霊核を俺の義眼に取り込むってことか。できるか、ウルスラ？」

「可能じゃ。さほど時間はかからぬ」

「ハイじゃあ決定ー！　アタシもついてく！」

「ピナちゃん、と一緒！」

ユーリがピナに抱きついて、くるくるとその場で回る。

……嬉《うれ》しそうにしているユーリを見ていると、ダメとは言えないな。

「アイン、さん。どう、ですか？」

「いいんじゃないか。俺はユーリの意思を尊重するよ」

ユーリは花が咲いたような笑みを浮かべる。

「ピナの精霊核を取り出し、義眼に加工しよう。その間、小僧、貴様は守り手様に話をしておけ。くれぐれも、失礼のないようにな」

ウルスラはビシッと、俺を指さすと、世界樹の方へ歩いていく。

「守り手……？　そうか。ピナを守るやつがいるはずなのか」

ユーリにとってウルスラがそうであるように、世界樹《ピナ》の守り手も存在するはず。

辺りを見回す。だがそれらしき人物はいなかった。

そのときだ。

「もしもし、【あーくん】？」

ちょいちょい、と誰かが俺の服の裾を引っ張る。

「え？」

つつかれた方を見やるが、そこには誰もいなかった。

「うふふ♡　ここよ、こーこ♡」

左を向くと、至近距離に美しい顔があった。

「うぉっ⁉」

俺はびっくりして身を引く。

肩にしがみついていたその子は、空中で華麗に舞うと、優雅に着地する。

つややかな緑の黒髪の、幼女だった。

「あらあら、びっくりさせちゃったかしら。ごめんなさいね、あーくん」

五歳くらいか。

おかっぱ頭に、ピナのものに似た、不思議な服を着ている。

「これは着物よ。あの子のは巫女《みこ》服っていうの」

「だ、だれなんだ、おまえ？　いつの間に……どこから？」

「わたしは世界樹ピナの守り手、玄武の子供、【黒姫《くろひめ》】よ♡　よろしくね♡」

幼女、黒姫が上品に笑う。

「玄武の子供……って、ええ⁉　さっきのカメかよ。おまえ、守り手だったのか……？」

そういえば手に持っていたカメがどこかに消えている。

「うふふ♡　びっくりした顔、かわいいわね♡　そう、ピナの守り手だったのよ」

「子供なのにか？」

「あらあら？　こう見えてもわたし、あーくんよりずっと年上なのよ♡　歳はひみつ♡」

クスクス、と口元を隠して上品に笑う。

「黒姫《くろひめ》も守り手ってことは、あんたもウルスラの仲間みたいなものなのか？」

「ええ。わたしもウルスラちゃんと同じで、世界樹を守るべく選ばれた存在よ」

ウルスラちゃんって。まさかこいつ、幼女賢者様よりも長生きなんじゃゃ……。

「そんな長く生きててまだ子供なんだな」

「カメは長寿。お母様は天地創造から生きてるわ♡」

スケールがデカすぎて、俺には把握しきれなかった。

「まあいい。黒姫、ピナを外に出す許可をくれないか？」

「もちろん。あの子には少し常識と教養を身につけさせたいと、常々思っていたところなの」

守り手・黒姫は、ピナを連れ出すことを快諾してくれたようだ。

「ところであーくん。わたくしもお供してもいいかしら？」

すすっ、と黒姫が俺に近づいて、ぴったりと寄り添う。

「いや、おまえついてきたら、誰が世界樹を守るんだよ」

「そこは安心して。はいこれ」

そう言って、黒姫は懐から、宝石のようなものを、俺に手渡す。

黄金の宝玉だ。見覚えがあった。

「賢者の石か？」

「ええ。これをわたしだと思って、肌身離さず、持っていてね♡」

なんか急に重くなった気がする……この石。

「これもウルスラに頼めば義眼に加工できるか？」

「可能よ。これでわたしの意思とつながれて、わたしをいつでも呼び出せるわね」

ウルスラと同じことができる訳か。

「もちろん、あーくんのお役にたつつもりよ。わたしの能力は【結界】。魔法や物理攻撃から守るバリアを張るのが得意なの♡」

「結界か……」

まあ世界樹を守ってるくらいだし、ウルスラと同格の存在って言ってるもんな。

かなり強力な結界を使いそうだ。

「義眼の加工が終わったぞ、小僧」

ウルスラが桃色のクリスタルを持って、俺の元へやってくる。

「それがピナの精霊核か？　なんかユーリと色がちがくないか？」

ユーリのは綺麗《きれい》な翡翠《ひすい》色をしていた。

「精霊核は彼女らの魂じゃからな。各々で色が異なるのじゃ。ほれ、手術するから目を閉じよ」

俺はウルスラに言われたとおりにする。

バシュ、という音とともに、一瞬で手術は完了する。

「ウルスラちゃん♡　こっちの賢者の石も、あーくんの右目に入れてあげて」

にこにこしながら、黒姫が賢者の石を、ウルスラに手渡す。

「わ、わかりました、黒姫様……先ほどは大変失礼なことを……」

珍しいことに、ウルスラがかしこまった態度をしていた。

「いいのよウルスラちゃん♡　それに様はやめて。気軽に黒ちゃんって呼んでって言ってるのに」

「め、滅相もございません！」

ウルスラは真っ青な顔をして、ぶるぶると首を振る。

「なんか新鮮だな」

「小僧、からかっているのか？　消し飛ばすぞ？」

「おかーさん、やめてー！」

「ウルスラママってばおとなげなぁい」

「あらあら、うふふふふ♡」

人数が増えたことで、だいぶにぎやかになってきたな。

まあ俺としては、ユーリが家族に囲まれて、楽しそうにしてるからそれでいいや。

ややあって、手術が完了した。

『精霊神の義眼（ＬＥＶＥＬ４）』

『↓【瞳術】が使用可能に、幻術を鑑定できるようになった』

また、黒姫の能力【結界】を鑑定《コピー》させてもらった。

直接的な攻撃手段ではないものの、どちらも強力無比だよな。

「瞳術っていうのはなんだ？」

「幻術のこと。見た人に幻覚を見せてまどわせるとか、暑くないのに暑さを感じさせるとか」

「俺たちに使ってたやつか」

地下迷宮をジャングルに変え、小さな亀を巨大化させてみせた。

そう考えると、破格の能力と言えた。

「さ、今日からアタシもおにーさんと一緒に冒険だ！」

ピナは笑顔で、俺の腕をつかむ。

「むー！　だめー！」

ユーリはふくれっつらになると、妹をぐいぐいと引きはがそうとする。

お淑《しと》やかな面しか見せてこなかったユーリが、妹と年相応にはしゃぐ姿は実に新鮮だ。

「小僧……ありがとな。深く、感謝してるよ」

ウルスラがメガネの奥で、目に涙をためていた。娘が幸せそうで嬉しいのだろう。

「おう、どういたしましてだ」

こうして、ユーリを、まず一人目の妹に会わせることができたのだった。

8話　鑑定士は強くなって周囲を驚かす

鑑定士アインが、第二の精霊と出会って、数時間後の出来事だ。

その竜は、名を【氷竜《フロスト・ドラゴン》】と言った。

多種多様なモンスターの中で、氷竜を含めた【竜種】は、強者に分類される。

竜種最弱の飛竜ですらBランクなのだ。種全体の強さは推してしるべし。

そんな竜種のなかで、氷竜はSランクという、上位の強さを備えていた。

……さて。

この日、氷竜は今日のエサ場を探していた。

エサとは弱者である人間たちのことだ。

氷竜は同族をのぞき、自分以上に強い存在に出会ったことがなかった。

『まさしく、私は生まれながらの強者』

ふぅ、と氷竜はため息をつく。

『どこかに私と張り合えるだけの猛者はいないものか？　いや、いないか。私並みの強さを期待するのはかわいそうだな』

空を優雅に飛んでいると、遠く離れた山の中、小さな村が見えた。

『あそこを今日のエサ場としよう』

……それが、氷竜にとって、竜生最大の選択ミスだった。

氷竜は村の遥《はる》か上空にて、ホバリングする。

「で、でたなぁ！　氷竜め！　こ、このゾイド様が相手だ！」

村の入り口に、ひとりの男が立っていた。

ゾイドと名乗ったその男からは、しかし何の脅威も感じない。

剣を構えてはいるものの、恐怖で足が震えていた。

「お、おれは勝つんだ！　勝って、汚名を返上するんだ！」

氷竜めがけて突っ込んでくる。

職業《ジョブ》によって身体能力が向上しているのだろう。

彼我の距離を、一瞬で詰める。

『遅い、遅すぎる』

氷竜はため息をつく。

「ぐ、ぐわぁああああああああ！」

荒れ狂う氷の風に、ゾイドは木の葉のように宙を舞い、地面に激突する。

「く、くそぉ！　なんて強力な氷の魔法なんだ……！　体が、あまりの寒さに震えやがる！」

『今のは魔法ですらない。私の吐息だ』

「な、なんだってぇえええええええ！」

愕然《がくぜん》とするゾイドの表情を見て、氷竜は確信する。

やはり人間は弱いと、取るに足らない存在であると。

「あきらめるもんか！　おれは、失った信頼を、取り戻すんだぁあああ！」

彼の闘志はまだついえていないようだ。

剣を担ぎ上げるようにして構える。

「スキル発動。【脚力向上】！　【急所打率上昇】！　【斬撃強化】！　いくぜ！」

先ほどよりは、素早い動きで近づいてくる。

「おれの使える最強コンボ！　これでてめえの命も仕舞いよぉおおおお！」

……もっとも、氷竜にとっては、こんなの児戯にも等しいのだが。

あえて、ゾイドの攻撃を受けようとする。

地面をけって飛び上がったゾイドは、体を急速回転させながら、切りかかる。

「くらえ【回天斬り】！　死にさらせえええええええ！」

超高速回転の斬撃は……しかし、氷の竜の肉を切り裂くことはできなかった。

竜の体が刃に触れた瞬間、白い霧へと変化したのだ。

「なんだ⁉　こ、これ……体……うごか……」

霧をまともに食らったゾイドは、その身を氷漬けにさせられ、地面に落ちる。

恐怖と驚愕の表情を浮かべた、氷の像が完成した。

『これぞ我が秘奥【霧氷化】。体を霧へ変化させ、浴びせた相手を生きたまま凍らせる』

無様に転がるゾイドのもとへ、氷竜は降り立つ。

人間は凍り付いたまま動けない。だが死んだわけではない。

今頃は、逃れられぬ死の恐怖に、震えていることだろう。

『ふむ、今日も楽に餌を手に入れたぞ。私はなんて強いんだ。敗北を知りたいぞ』

……と、余裕を持っていられたのは、そこまでだった。

『む？　なんだ……？　上空に誰かいる……？』

見上げた先に、少年がいた。

なぜ人間が空にいるのか？　いや、それよりもだ。

『この天空の覇者たる竜を見下ろすとは。いい度胸だ』

氷竜は翼を広げ、上空へと向かう。

空中に浮かぶその人間の前までやってきた。

『非力なる人間よ。私を見下ろしたことを謝罪するならば、苦しめずに殺してやろう』

眼前の少年と、目が合った、そのときだ。

……ゾクッ！

『ひっ……！』

氷の竜は、情けない声を思わずあげてしまった。

『な、なんだ今の、妙なプレッシャーは……？　私はおびえたのか？　いや、そんな……』

動揺する氷竜とは反対に、少年は静かに、こちらを見てくる。

まるでこちらの魂まで、すべてを見抜かれているような感覚になった。

『いや、何かの間違いだ。この私が、人間ごときに恐れをなすなど！』
翼を大きく広げ、人間めがけて強く羽ばたく。
突風に交じって、無数の氷の羽が飛翔《ひしょう》する。
それは槍《やり》のように鋭く、敵を串刺しにしようと殺到する。
あの人間を仕留めた、と思ったそのときだ。
『なあ⁉　や、槍が全部……弾かれただと⁉』
氷の槍が敵を貫く寸前、その体を、何かが覆ったのだ。
つぶさに見ると、それは【結界《バリア》】だった。
『ば、バカな⁉　私の羽一枚一枚が必殺の魔槍だぞ！　それを全て弾き返すなんて！』
信じられない光景に、氷竜は驚愕した。
『こんな強力な結界を使えるやつなんて……今まで見たことがない！』
勢いをつけて、人間へ向かって猛攻する。
『強者たる私の攻撃が！　誰かに防がれるなんてことは、あってはならないのだ！』
氷竜は【結界】めがけて突進をかまそうとした。
『ぐわぁあああああああああ！』
しかし結界に弾かれ、体がすさまじい勢いで後方へ吹っ飛ばされる。
受け身を取る暇もなく、氷竜は地上へと落ちた。
『なんだ⁉　なにが、起きたんだぁあああ⁉』

結界は、氷竜の渾身《こんしん》の一撃を受けても、びくともしなかった。
それどころか、氷竜をはじき返したのだ。
『クソが！　ふざけやがって！』
自分にダメージを与えたのが、矮小《わいしょう》なる人間だということ。
それが強者のプライドを傷つけたのだ。
地上に落下した氷竜は、体を持ち上げようとする。
だが思った以上に、ダメージが大きかった。思うように体が動かない。
『こんなところで、竜種である私が、負けてはいかんのだ！』
上空を睨《にら》み付ける。しかし、そこにいたはずの少年がいなかった。
『な⁉　ど、どこへ……⁉』
ぴたり、と誰かが、背中に手を触れた。
「【解呪《ディスペル》】。そして【斬鉄】」
……意味が、わからなかった。
気づいたら自分の首が取れて、地面に転がったのだ。
首が地面に落ちて、そして見た。
剣を手に、自分を見下ろすその少年の姿を。
『ば、バカな、いくら何でも速すぎる……いったい、どうやって？』
氷竜は愕然とつぶやく。

「【背面攻撃《バックアタック》】で背後を取り、【解呪】で霧氷化を解除して攻撃しただけだ」

氷竜は失意のどん底に陥った。

どれもこれも、最強たる自分を超越した能力《アビリティ》だったからだ。

『こんな弱そうなガキに……私が負けるなんて……』

体からどんどんと力が抜けていく。

その様を見下ろす少年の目は、まさしく人間のそれではなかった。

『……バケモノ、め』

氷竜は死に際に、ようやく気付いた。

自分よりも遥かに強い者が、この世には存在するということを。

☆

隠しダンジョンにて、俺は精霊ピナと守り手・黒姫の力を得た。

帰り道、滞在した村を襲った氷の竜をついでに討伐。

『霧氷化（S＋）』

『↓相手の攻撃が当たる瞬間、自らを氷の霧に変え回避する。霧に当たった敵は氷漬けになる』

なぜかその場にいたゾイドを抱えて、俺は王都の、商人ジャスパーの家へと帰還を果たした。

話はその数時間後。

俺は、王都の冒険者ギルドへと足を運んでいた。

「……なあ、ジャスパー」

「なんだい、少年？」

俺のとなりには、赤髪にスーツ姿の美丈夫が立っている。

「おまえにアイテムとかを直接買い取ってもらうってことはできないのか？」

「ああ。魔物の死体や素材をギルド以外から買い取ってはならないと、取り決めがあるのだ」

そんな規約があったなんてな。

ギルドにはいい思い出ないし、できれば来たくなかったのだが。

「では参ろうか。なに、私がいればインチキを疑われないさ」

ジャスパーは笑うと、俺の肩を叩《たた》き、ギルドのドアを開く。

「おい見ろよ！　ジャスパーだ！」

「碧玉《へきぎょく》の豪商が、なんでここに⁉」

一歩足を踏み入れた瞬間、近くにいた冒険者たちが叫ぶ。

「ようこそおいでくださいました！」

奥のカウンターから、受付嬢がすっ飛んできた。

それだけジャスパーは上客ってことか。

「どうぞ奥のＶＩＰルームへお越しください！　ギルドマスターを今呼んできますので！」

「大丈夫だよお嬢さん。今日はギルマスに会いに来たんじゃない。彼の付き添いだ」

受付嬢が俺を見て、首をかしげた。

「彼はアイン。冒険者だよ。つい先日王都に越してきたんだ」

「はぁ。えっと……アイン様、ご用件は？」

受付嬢が俺とジャスパーとを見比べ、なんだこいつみたいな目を向けてくる。

まあこんなみすぼらしい貧相なガキと、立派な商人様とが一緒にいりゃ、そうなるわ。

「ええっと……素材を買い取ってもらいに来た」

「そして彼の売る素材を、私が買い取りに来たというわけだ」

「？　と、とりあえず受付まで来ていただけますか？」

彼女はなおのこと訳がわからない、といった顔をしながら、俺たちを案内する。

「……後ろのあいつは誰だ？」

「……弱そうだぞ。職業《ジョブ》はなんなんだ？」

冒険者たちが、遠巻きに俺の噂《うわさ》をしている。

ギルドホール内にいた全員が、俺に注目していた。

注目されたことなんてほとんどなかったからな。視線が痛いぜ。

俺たちは受付カウンターへとやってくる。

「では、アイン様。ギルド証の提出をお願いします」

ギルド証とは、冒険者ギルドに登録してることをしめす証《カード》のことだ。

ここには個人情報が全て記載されている。

冒険者のランクや、【職業《ジョブ》】までも。

「アイン様……ランク、え、F？　職業、か、鑑定士ぃ～～～～？」

受付嬢が俺を見て、目を見開く。

そして、俺に疑いのまなざしを向けてきた。

「無礼を承知で申し上げますが、ジャスパー様は騙されているのではないでしょうか？」

「そうだ！　下級のくせにモンスターが倒せる訳ねえだろ！」

「商人相手に詐欺とは大胆なヤツだな！」

ギャラリーからヤジが飛んでくる。

『ひどい、です！　アインさんのこと、何も知らないくせに！』

ユーリが怒ってくれる。それが俺にはうれしかった。

前の俺なら腹を立てていただろう。けれど今の俺は気にならない。

だって、信頼できる仲間が、そばにいるからだ。

「騎士を今呼んできます。ジャスパー様は離れてください」

「待ってくれ。まずは、これを見てから判断してほしい」

俺は手を、カウンターに向ける。

無限収納の紋章が光ると……。

魔法陣から大量のアイテムが出る。

「え、えぇ～～～～⁉　なんですか、これはぁああああああ⁉」

受付嬢が目をむき大声を上げる。

Sランクモンスターから採取した素材たちが、山積みになってる。

「全部俺が入手したアイテムだよ」

「さて、お嬢さん。彼が詐欺師だったとして、ここまで手の込んだことすると思うかな？」

ジャスパーが笑顔で問いかける。

「し、失礼します！　い、今鑑定用の【真実の目】を持ってきますので！」

ダダダッ！　と受付嬢がカウンターの奥へと引っ込んでいく。

「やべえ、なんだよあの大量のアイテム！」

「おいあれって【不死王の髑髏《どくろ》】じゃないか⁉」

「嘘《うそ》だろ⁉　ボスモンスターのドロップアイテムって噂だぜ⁉」

周りの冒険者たちが驚愕している。

その後、何人もの受付嬢が、真実の目を持って鑑定を行った。

ややあって……。

「アイン様、大変、大変申し訳ございませんでした！」

初老の女性がやってきて、俺の前で頭を下げてきた。

「そ、そんなに恐縮しないでくれよ……。別に俺、怒ってないし」

「だ、そうだよ。ふふ、やはりきみは素晴らしいな。強いだけでなく器も大きい」

ジャスパーが笑って言う。

どうやらこの初老の女性、冒険者ギルドのギルドマスターらしい。

「わたくしどもの職員が、アイン様に大変失礼な言動をしてしまい、誠に申し訳ございません！　責任を取ってクビにさせますので！　どうか！　ご容赦ください！」

恐縮しまくり、頭を下げるギルドマスター。

「い、いや！　そこまでしなくていいだろ……」

「よ、よろしいのですか……？」

「ああ。ほんと気にしなくて良いよ」

以前の俺だったら、ギルドの態度に悪態をついていたと思う。

けれど、なんだか知らないけど、今は前ほどいろんなことに腹を立てなくなった。

ギルド職員たちは安堵《あんど》の笑みを浮かべて、何度も頭を下げる。

「寛大な処置、誠にありがとうございます！」

「本当に申し訳ございませんでした！」

こんな対応されたことなかったので、どうしていいのかわからん。

「彼が強き者であること、そして彼が自分の力でモンスターを倒してきたことは、このジャスパーが保証しよう。さて、では少年。残り全部だしたまえ」

「「ええ――――――!?」」

ギルドマスターと受付嬢、そして冒険者たちも、目を限界まで見開いていた。

「ま、まだ他にもアイテムが？」

「ああ。これなんて彼の戦利品のほんの一部だぞ。ほかにも【氷竜《フロスト・ドラゴン》】の死体もある」

「「「はぁ～～～～～～～～～～!?」」」

またも、その場にいた全員が叫ぶ。

「す、すごい……！　すごすぎます！」

受付嬢が俺に、キラキラした目を向けてくる。

「いやぁ！　さすがジャスパー様のお連れの冒険者様だ！」

「い、今職員総動員で換金と鑑定作業を行います！　なのでどうぞアイン様！　奥のＶＩＰルームでお待ちくださいませ！」

そして莫大《ばくだい》な報酬を、ギルドから支払われたのだった。

☆

冒険者ギルドでモンスターや素材を買い取ってもらった、数時間後。

商人ジャスパーの屋敷へと、帰還を果たした。

夜。旅の疲れを癒やすため、屋敷の風呂に、俺は来ている。

「すごいな……ここの風呂。外にあるのか……」

ここは露天風呂というものらしい。

岩で囲まれた浴槽は、白く濁ったお湯で満たされている。

「アイン、さんっ♡　月、が、きれー、です……ね！」

……金髪の美少女が、ニコニコしながら、湯船につかっていた。

「はっ⁉　ちょっ⁉　ええ⁉　おま……何してんだよユーリ！」

俺は股間を手でかくし、彼女から距離を取る。

「むぅ。なに、ゆえ……逃げる、の？」

「それはね～、お兄さんがお姉ちゃんの裸を見て、欲情しちゃったからだよっ！」

ユーリのとなりに、桃色髪の美少女が出現。

どちらも比類なき美少女。正直、目のやり場に困る！

「ピナ、ちゃん。よくじょー、って？　お風呂？」

ユーリは無垢《むく》なる瞳を、妹に向ける。

「ちがうよ～。むらむらしちゃってさぁ大変ってやつだよ！」

「おまえら何してんだよ！　ここ男湯だぞ！」

女の子と一緒にお風呂に入るなんて、誰かに見られたらどうするんだよ！

それにその、色々見られたら大変だからな！　下とかやばいことになってるぞ！

「ぶっぶー☆　アタシたち精霊だし～。精霊に性別とか厳密にはないし～」

「見た目が女である以上女なんだよ！　出てけ！」

ピナは動じず、むしろ楽しそうにこちらを見てくる。

「どうして～？　もしかしてユーリお姉ちゃんのおっぱい見て、やらしいこと考えてるとか～？」

「そ……そんなわけないだろ！」

……しかしピナに言われて、改めてユーリを見てしまう。

大きい。人間の顔を超えてる。

しかし形が下品じゃない。美しさすら感じる……。

ばっちり、ユーリと目が合ってしまった。

「…………ぽっ」

「ぽってなんだ、ぽって！」

「これは精霊と人間のハーフが生まれるのも、時間の問題かもね～☆」

意地の悪そうな笑みを浮かべるピナ。

「……小僧」

すると……ユーリの前に立ち塞がるように、ウルスラが立っていた。

……何も身につけず、全裸でだ。

「ちょっ⁉　か、隠せよ⁉」

俺は慌てて両手で顔を覆う。

「別に貴様ごとき若造に、見られて恥ずかしいとは微塵《みじん》も思わぬが？」

「こっちが気にすんだよ！」

ウルスラは十歳くらいの幼い見た目だ。

しかしうっすらと胸にも尻にも肉があった。

どこもかしこもつるりとした、無垢な体に、思わず目をそらしたのだ。

「今ウチの娘を、汚い目で見ただろう?」

ドスのきいた声でウルスラが言う。

「いいか貴様、ユーリはわしの宝じゃ。もし手を出すようなマネをしたら、わしは貴様を極大魔法で吹き飛ばす……」

「おかー、さん！　や、めて！」

ユーリが俺の前に立ち、手を広げる。

「わたし……は。アイン、さんに……見られて……ぽっ♡」

「よし小僧。遺書の準備はできてるな?　今日が貴様の命日じゃぁあ！」

「やめ、て！　アインさん……にげて！」

何が起きてるのかわからんが、ウルスラをユーリが引き留めてるようだ。

「離すのじゃユーリ！　おまえのためを思ってこの邪悪なる蟲《むし》を消すのじゃ！」

「むしじゃ、ないもん！　アインさんは……素敵な人だもん！」

「まさかもう手込めにされたのか!?　お、おのれ殺す！　今すぐ小僧を殺してやるぅう！」

「いいぞーやれやれ〜☆」

俺は素早く、彼女たちの元を離れた。

距離を置いて、ほっと一息つく。

ぎゃあぎゃあと、ユーリとウルスラが取っ組み合いしてる。

……どうでもいいが、ふたりとも体にタオルをまいていない。

だから、非常に目のやり場に困る。

特にユーリの胸が躍動して、とんでもないことになってる……。

「あらあら、あーくんってば、意外とむっつりさんなのね～♡」

俺のとなりに、世界樹の守り手・黒姫《くろひめ》がいた。

「わたしの胸も、存分に見て良いんですよ♡」

黒姫がニコニコと笑みを浮かべながら、俺に近づく。

「え、遠慮しときます」

大人の女性の裸を、まじまじ見たら失礼だよな。胸もないし背も低いけど。

「今は無くても、大人になればユーリちゃんのようにバインバインになってるわよ～♡」

「何千年後の話してるんだよおまえ……」

この幼女、見た目の割に長生きしてる。

なにせ太古の賢者ウルスラよりも、前から生きてるらしいからな。

「ここは賑《にぎ》やかで、良いわねぇ」

黒姫が遠い目をする。その先でユーリとウルスラ、そしてピナが戯れている。

「ピナをあなたに預けたのは正解だったわ。ありがとう、あーくん」

その目は慈愛に満ちていた。例えるなら、母親の目か。

「あんたにとっても、ピナは娘みたいなものなのか？」

「そうね。守り手が精霊核を作り、そこに人格が宿ったので、ピナの生みの親のようなもの」

確かユーリたち世界樹は、もとは一つだったと聞いた。

そこから精霊核が九つに分割されたという。

ということは、大本の精霊核を作ったのが、九人の賢者だったたってことか……。

「あと六組もおまえらみたいな愉快なやつらがいるわけか」

世界樹はもともと九本。一本は遥か昔に枯れてしまった。

ユーリ、ピナ。そしてあと姉妹は六人。

「……いいえ。七組よ」

黒姫が少しだけ、沈んだ声音で言う。

「え……？　一本は、枯れたって。つまり、死んだんだろ？」

「ええ……。でも、精霊核が完全に消滅したわけじゃないわ」

「じゃあ、一本目の精霊は生きてるのか？」

「おそらく、長女【エキドナ】は、この世のどこかにいるはず。守り手とともに」

「エキドナ姉ちゃん、か」

それを聞いて、俺はほっとした。

姉妹全員に会わせるって約束はしてたけど、一本目の世界樹は枯れたって聞いたからな。

死んだはずの姉が生きてるって知ったら、ユーリも喜んでくれるだろう。

「でもエキドナは、なんで地上に出てきたユーリたちの前に姿を現さない？」

「さぁ。そこまではわからないわ」

黒姫がため息をついて首を振る。

「エキドナは行方不明。残りの隠しダンジョンの場所もわからず、か」

「途方に暮れてしまったかしら？　もう探索はやめる？」

黒姫が、試すように、俺を見上げてきた。

「いや、まさかだろ」

俺はユーリを見やる。

「おかーさん……わたし、言いたい！　アインさん……と、いつか……結婚したいの！」

真剣な表情で、ユーリがウルスラに言う。

「ダメじゃぁあああああああ！　結婚は早すぎるぞぉおおおおおお！」

ウルスラは体をねじって、ぐわんぐわんと上体を揺らす。

「けどお姉ちゃんって人間の体で十六くらいでしょ？　結婚普通にできる！　しちゃいなよ☆」

「おぬしはだまっとれ！　ああユーリ！　おぬしはずっとわしのそばにいてくれ！」

幼女賢者は娘の裸身に抱きつき、いやいやと首を振る。

どっちが母で娘なのかわからんな、ありゃ。

「いたい！　けど……そこに、アインさん、も……一緒がいい！」

「消すぅううううう！　やっぱりあの小僧消してやるぅうううううううう！」

……三人が騒いでいる中で、ユーリは輝くような笑みを浮かべていた。

外に出て、妹と出会い、あの子は幸せそうにしている。

「俺のやりたいことは今も変わらねえよ。恩人であるユーリを、家族に会わせてやりたい」

「まぁ。ユーリちゃんにメロメロなのね、あーくんは♡」

さっきまでの硬い表情から一転して、黒姫は微笑を浮かべる。

「ユーリちゃーん。あーくんが、あなたのこと大好きですってー♡」

「ひゃ〜〜〜〜〜〜〜〜〜〜♡」

満面の笑みを浮かべて、くらり……とその場で、後ろ向きに倒れた。

「ユーリぃいいいいいいいい！　てめえ小僧ぶっころぉおおおおおおおす！」

……ぶち切れたウルスラが両手に炎を出現させ、追いかけてくる。

「あはは っ☆　やっぱおにーさんたちおもしろ〜い！　外出て良かったー！」

「あらあら、うふふふふ♡」

そんなふうに、夜は楽しく過ぎていった。

9話　鑑定士は古竜と戦う

素材を買い取ってもらった、数日後。

屋敷に来客があった。

応接室へ行くとジャスパーと、そして王都冒険者ギルドのギルドマスターがいた。

「アイン様！　先日は大変失礼しました！」

「あ、いや。良いって別に。そんなかしこまらないでくれよ」

ギルマスが何度も頭を下げる。年上の人に謝られるとなんだか申し訳ない気持ちになる。

ややあって。

「少年、実はギルマスが直々に、君にモンスター討伐の依頼をしにきたんだ」

「俺に？　あんたらのギルドのやつで対応すれば良いじゃないか」

「それが、相手がアイン様にしか倒せないような難敵でして……」

「君がギルドとあまり関わりを持ちたくないのは承知している。しかし」

「別に良いよ。困ってるんだろ？　どんな依頼なんだ？」

俺が言うと、ジャスパーがきょとんとした表情になる。

「どうしたんだ？」

「いや、感心したんだ。ギルドからの依頼なんて、自分には関係ないことなのに、見ず知らずの困っている人のために依頼を引き受けるなんて、誰にでもできることじゃない」

ジャスパーはほほえんで言う。

「その力にふさわしい、強い心を持っているんだね。私はきみの協力者として誇りに思うよ」

絶賛されて気恥ずかしい。その一方で、首をかしげるところもある。

強い心なんて、俺は持ち合わせてないと思うけどな。

『おぬしは気づいておらぬようじゃな。己の成長に』

ウルスラが、あきれたようにため息をつく。成長って？

『もうよい阿呆《あほう》め』

よくわからんが、ウルスラからあほ扱いされるほうが、俺はほっとする。

最近周りの連中から急にすごいとか、偉いとかほめられても、違和感の方が大きいんだよな。

俺自身、ついこの間まで最弱職のみそっかすだったわけだし。

強いって言われても、今も正直実感がわかない。そもそもウルスラより雑魚だしな。

まあ、それはさておきだ。

「アイン様は【ベヒーモス】をご存じでしょうか？」

「いや、知らん。なんだそいつ？」

「古竜とよばれる、太古の昔から存在するバケモノの一匹だよ」

「魔王ミクトランがまだ存命だった頃、魔王の部下として生み出された強力な古竜でした。しかし魔王が封印され、その日を境にベヒーモスをはじめとした古竜たちは姿を消したのです」

しかし……とギルマスが続ける。

「最近になって、ベヒーモスが姿を見せ、そして暴れているのです」

「ギルドによると討伐難易度はＳＳランクだそうだ」

「なっ⁉　え、ＳＳって……Ｓランクが上限だったんじゃないのか？」

「それは一般的なモンスターに限った話です。この世には我々の常識でははかれない強さを持った存在が少なからずいます」

「マジかよ。世界は広いんだな……」

隠しダンジョンで倒した敵以上のモンスターが、この世には存在するのか。

「そんなやばそうな敵を、どうして俺に？」

「我がギルドでは、あなたしか、勝てそうな者がいないからです」

「どうやらギルマスは、君がこの間の氷竜《フロスト・ドラゴン》を討伐したことを、高く評価しているそうだ」

ギルマスは立ち上がると、俺の目の前で膝をつき、その場で土下座した。

「我々に力を貸していただけないでしょうか！　あなただけが頼りなのです！　なにとぞ！」

「や、やめてくれ。頭上げてくれよ……俺みたいなガキにそこまでしなくても」

……と、そのときだった。

「そうですよ！　ギルドマスター！」

バーンッ！　と部屋のドアが乱暴に開かれた。うぉ、び、びっくりした。

なんだと思ってそっちを見ると、金髪の男がズカズカと入ってきた。

「ふむ、君は誰だね？」

「失礼、ジャスパー様。僕は、この王都冒険者ギルドで序列一位のパーティ【黄昏《たそがれ》の竜】でリーダーをしている【バッカス】と申します」

金髪男は、どうやら冒険者のようだ。

王都冒険者ギルドっていえば、この国でも随一の実力者の集まりだと聞く。

そのなかでもトップクラスのパーティとなれば、とんでもなく強いことは、子供でもわかる。

そんなやつが何しに来たんだろうか？

「こんな男に頼まずとも！　この僕が見事ベヒーモスを討伐してみせましょう！」

不快感をあらわにし、バッカスが俺をにらみつけてきた。

なんとなく、こいつの腹の中が読めたぞ。

今まで俺を馬鹿にしてきた奴らと、同じ目をしてたからな。

「バッカス！　失礼ですよ！　控えなさい！」

「僕は納得がいきません！　なぜこんな【鑑定士】に依頼するのですか⁉　下級職に務まる仕事とは到底思えません！」

「あなたは、彼の実力を知らないからそんなことが言えるのです！」

「いやっ！　こんな下級職が、【希少職《レアクラス》】の僕より優れてるとは思えない！」

『どうやらこやつ、二本の剣を自在に操る技能《スキル》を持っているようじゃな』

なるほど……その自信の元は希少職だからか。

数ある職業《ジョブ》のなかでも、一握りの人間しか持てないもの。

それを希少職《レアクラス》という。

「もういい加減になさい！　それ以上失礼を重ねるようなら除名処分にしますよ！」

ビキッ、とバッカスの額に、青筋が浮かんだ。

「……僕よりもこのガキの方が、ギルドにとって有益であると、そう考えているのですね」

ぎり……と彼が拳を硬く握る。

「下級職の、特に戦闘に向かない雑魚でしかない鑑定士が、僕より強いなんて認めない！」

びしっ、とバッカスが俺を指さして言う。

「勝負しろ！　どっちがベヒーモス討伐にふさわしいかを賭けて！」

こいつが何にこだわっているのか、正直よくわからん。

俺は頼まれたから請け負おうとしただけだ。

まあ先にこの依頼を受けたいやつがいるなら、そっちに譲った方がいいんじゃないか。

希少職なんだし、結構強いだろうから。

「俺は結構だ。ベヒーモスをあんたが倒したいっていうのなら、ご自由に」

「なんだ！　負けるのが怖いのか！　臆病者め！」

「別に。ただ、俺にはそんな程度のことで戦う理由がないってことだ」

彼は体を怒りでふるわせる。

「……下級職ふぜいが……生意気をいいやがってぇえええええええ！」

バッカスが腰の二本の剣を抜く。

「マジかよ。【超鑑定】」

『↓バッカスの攻撃の軌道』

その瞬間、バッカスの動きがスローになる。

反射で鑑定してしまった。

まあ、このままだと危ないし、いちおう対処しておくか。

俺は精霊の剣を取り出し、バッカスの手にしている二本の剣めがけて振るう。

音を立てて、刃が粉々になる。

……そして、バッカスは正常に動き出す。

「女神に愛された我が二刀の剣戟《けんげき》！　受けてみよ！　って、えええええええええ!?」

バッカスが、驚愕《きょうがく》の表情を浮かべる。

「け、剣が!?　ぼ、僕の無敵の魔双剣が!?　粉々にぃいいいいいい!?」

からっぽになった両手を見て、バッカスが悲痛な叫びを上げる。

「き、貴様!?　い、いつの間に!?」

「斬りかかってきてあぶないから、破壊しただけだ。悪く思うなよ」

「う……うそだ……この僕が、下級職ごときの動きを……目で追えなかった……だと……」

愕然とした表情で、バッカスがつぶやく。

「認めない……僕は……僕は希少職なんだぁああああああああああ！」

バッカスは拳を握りしめ、俺に殴りかかろうとしてくる。

ちょっ、血気盛んすぎない⁉

「【超鑑定】」

『↓バッカスの攻撃反射のタイミング』

やつの拳を、俺は右手で軽く攻撃反射《パリィ》する。

「ぐわぁあああああああああ！」

バッカスは吹き飛ばされ、屋敷の壁に激突。

頭を打った彼は、そのままぐったりと倒れた。

ま、まずい！　やりすぎたか？

俺は慌てて彼に近寄る、脈を測る。

「ばかな……この僕を倒すなんて……あいつは……バケモノ……か……」

ガクッ！　とバッカスは気を失った。良かった生きてる……。

モンスター相手に使う技は、まずかったなさすがに。

で、でも結構加減したんだけど、あんな吹っ飛ぶなんて。反省しないと。

殺してなくてほんとよかった。

ギルドマスターが、俺の目の前でひざまずいて、何度も頭を下げる。

「バッカスが大変！　大変失礼なマネを！　本当に申し訳ございません！　どうか！　どうかお許しください！」

「別にいいよ。それより、その依頼、俺が引き受けるよ」

元々受けるつもりだったし、ギルドのエースにケガを負わしちゃったしな。

☆

数日後。俺は、西にある隣国へと赴いていた。

そこは一面砂漠の国【フォティアトゥーヤァ】。

四季は存在せず、一年中真夏のような日々が続いている。

地平の先まで続く砂漠。

照りつける灼熱《しゃくねつ》の太陽。

この砂漠地帯に、古竜が出現したという。

『古竜ベヒーモス（ＳＳ）』

『↓岩のような巨体を持つ古竜種。竜と名がつくが空は飛べず地竜に近い存在。その外皮は魔法を吸収し魔力に変換する。【螺旋弾《らせんだん》】と呼ばれる、空間を削り取る空気の弾を撃ち出す』

ベヒーモスは夜行性らしく、日中は砂の中で潜んで、通りがかる商人や積み荷を狙うそうだ。

「さて……やるか」

精霊の剣を出現させる。

魔法が吸収される以上、能力と剣術で対処するしかない。

『まずは砂の中からヤツを引きずり出すぞ。位置は鑑定しておる』

俺は極大魔法【煉獄業火球《ノヴァ・ストライク》】を、無詠唱で発動。

極大の炎が砂漠の地面に撃ち出される。

爆発による衝撃で、砂漠の砂が吹き飛ぶ。

隕石《いんせき》が落ちたような跡が、俺の眼前にできた。

『……誰だ？　我の眠りを、妨げる阿呆は？』

穴の中から、のそり……と何かが顔を覗《のぞ》かせた。

翼はなく、ぶっとい四肢。人間の十倍……いや、二十倍くらいはありそうな、巨大な竜。

岩巨人よりも巨大。そして何よりも、こいつから感じる凄みは、迷宮主とは段違いだ。

闘志がくじけそうになる。

だが俺は左目に触れて、深呼吸する。ここにはみんながいるんだ。やれる。

「おまえが人に迷惑かけるから、倒しに来た」

『はーーーーはっは！　これは面白いことを言うな、人間！　貴様のような脆弱《ぜいじゃく》な種族が、魔王様自らお作りになられたこのベヒーモスに、敵うとでも本気で思っているのか？』

どうやらベヒーモスは、俺を完全になめてかかってるようだ。

その方が、【仕込み】が楽だ。

「思ってるよ。だからこうしてやってきた」

『その威勢だけは褒めてやろう。だが我は古竜。生まれながらの圧倒的強者だぞ？』

強者故にこいつは驕《おご》っている。
このままでもいいが、勝率を上げるために、もう一押しほしいな。煽《あお》っとくか。
「なら魔王もたいした強さじゃなかったんだな」
その瞬間、空気が変わった。
『……魔王様を侮辱しおって。死ぬが良い』
ぐあ……！　とベヒーモスが口を開く。
空気が振動する。殺意がひしひしと伝わってくる。
それでも、俺は逃げない。なぜなら一人じゃないからだ。
『螺旋弾を撃ってくるぞ』
『アインさん、がんばってー！』
彼女たちの存在が、俺を鼓舞する。左右の瞳から、勇気をもらえるのだ。
「手は撃ってある。大丈夫だ」
ベヒーモスが俺めがけて、弾丸を撃ち込む。
着弾地点に……さっき極大魔法でできた穴と同じくらいの大穴が空いた。
『なっ⁉　ど、どうなっておる！　我の弾丸が！　どうして当たらぬ⁉』
「なんだよ、老眼で目がかすんでるんじゃないか？」
『ほ、ほざけぇえええええええ！』
ベヒーモスが連続して弾を撃つ。

俺の周囲に着弾するが、しかし、絶対に俺には当たらなかった。
『なぜだ⁉　貴様は一歩も動いておらぬのに⁉』
「答えてやる義理はねえ！　……さて、狩りを始めるか！」
俺は精霊の剣を出して、ベヒーモスめがけて走る。
『人間ごときが、地の王である我に砂のフィールドで敵うと思うか！』
まあ人間が普通に走ったのでは、砂漠では鈍足になってしまうだろう。
【超加速】を使用。
『なぁっ……⁉　な、なんだその速さは⁉』
驚くベヒーモスの右前足を、【斬鉄】を使用した剣でぶった切る。
『ぐぁあああああああああああああああああああああ！！！』
切断された足から、大量の血の雨が降る。
バランスを失い、ベヒーモスはその場に崩れ落ちる。
地面を揺らしながら、その場でのたうち回る。
『バカなっ⁉　我の外皮は【神威鉄《オリハルコン》】並みに硬いのだぞ⁉』
「ハッ！　ならたいしたことねえな、おまえの防御力」
『ほ、ほざけぇえええええええええ！』
そうだ怒れ怒れ。おまえが冷静さを失えば、勝率が上がる。
螺旋弾を連射する。

だがその一発も、俺には当たらない。

『なぜだあ⁉　なぜ当たらぬ⁉　敵は回避をしていないのに⁉』

『おー、幻術はバッチリはまってるみたいだね、お兄さん』

ピナが、俺にだけ聞こえる声で言う。

ベヒーモスには、ピナからコピーした幻術をかけたのだ。

やつが余裕たっぷりに俺を見下している隙に、である。

幻術で虚像を作った。それをベヒーモスはバカみたいに攻撃してるのだ。

「さっさと俺を地中から殺せば良かったのによ。侮るからだ」

俺はすぐさま移動。

今度は右後ろ足を、剣で切り飛ばす。

【斬鉄】の威力は凄まじい。

こんなぶっとい足を、オリハルコン並みに硬い外皮ごとぶったぎってるからな。

『く、くそっ！　撤退だ！』

ベヒーモスが地中へと潜り、地面を揺らしながら、砂を掘って沈んでいく。

『こやつは地上よりも地中での移動速度が速いみたいじゃな』

『そうっ！　我は本気ではなかったのだ！　地に潜った我の真の強さにおののけ人間！』

敵が完全に視界から消える。

『二十秒後に小僧の真下に出現し、まるごと飲み込むつもりじゃぞ』

ウルスラが鑑定の力で、敵の情報を与えてくれる。

「了解。ピナ。幻術は解いてくれ。黒姫《くろひめ》、頼む」

『あいあいさー！』

『わかったわ、あーくん♡』

きっかり二十秒後。

モコッ！　と俺の足元の砂が膨れ上がる。

ベヒーモスは俺の足元に出現すると、そのまま俺を、まるごと飲み込んだ。

『ハーハッハッハー！　人間ごときが、我に楯突《たてつ》いたからこうなるのだぁあああああ！』

俺はやつの食道へと落ちていく。

『はーっはっはっはっは――！　我の勝ちだぁああ！』

と、そのときだった。

突如、ベヒーモスの体が、破裂したのだ。

その巨体は爆発四散。

丸呑《まるの》みされていた俺は、外へと脱出できた。

『な、何が起こったのだぁ⁉』

体がバラバラになり、首だけになったベヒーモス。

「おまえの体に、極大魔法をぶっぱなっただけだよ」

『ありえぬ！　我の体は、魔法を無効化する！』

「おまえは魔法を吸収する外皮を持つだけだ。体の内側から放った魔法は、防げない」

『しかし密閉空間で強大な威力の魔法を放ったら、貴様も無事では済むはずがないだろ！』

「おまえは俺の張った【結界】ごと食ったんだ。反動はない」

ベヒーモスが意気消沈し、しばらく黙る。

『なぜ負けたんだ？　人間ごときに……この我が……』

「おまえの敗因は人間を侮ったことだ」

古竜は俺を見おろして、つぶやく。

『そう……だな。人間。名をなんと申す？』

「アイン」

『見事なり。脆弱な人間にも、こんなにも凄まじい強さを持ったやつがいたとはな』

目を閉じて、静かにつぶやく。

『貴様を侮ってすまなかった。認めよう、アイン。貴様は古竜を殺すほど……強い』

大きな音を立てて倒れ、完全に息を引き取った。

『すごい……です！　アイン、さん！』

『やー、ほーんと異常なほど強いよね、お兄さんって』

『さすがよ、あーくん。【古竜殺し】をなしとげたのは、ミクトランを封印した勇者だけよ』

力を貸してくれた精霊や賢者たちに、俺は言う。

「ありがとな、おまえらのおかげだよ」

☆

ベヒーモスを討伐した、数日後。

今回の件について、王のもとへ来るよう、出頭命令が下った。

ジャスパーとともに、王城へとおもむき、謁見の間で王様と初めて顔を合わせた。

話は、王との謁見を終えた後。

俺は応接室へと、通されていた。

「ふぅ……疲れた……」

ソファにどかっと座る。

コンコン。

「ん？　どうぞ」

「失礼いたしますわぁ♡」

入ってきたのは、この国の第三王女、クラウディアだ。

「勇者さま～！」

花が咲いたような笑みを浮かべ、王女が俺の元へと駆け寄ってくる。

「が、がーどっ！」

俺の前に、ユーリが顕現。両手を広げて立つ。

「あら、ユーリさん♡　おひさしぶりですわ～♡」

「う、うん……ひさし、ぶり」

クラウディアはユーリの手をつかんで、ぶんぶんと上下に振る。

「なかなかお会いに行けず申し訳ございません。わたくしあなたの第二夫人なのに……」

「いやいやいや、別に結婚してねえだろ」

「そ、そうだぁ！　アイン、さんは……わ、わたしの夫だー！」

いやそれも違うだろユーリ……。

やめてくれって、右目からきみのお母さんの怒りの波動を感じるからマジで！

「クラウディアは何しに来たんだ？」

「父があなたに会いたいというので、連れてきましたわ♡」

「父って……え？」

ガチャッ、と扉が開く。

入ってきたのは、ラフな格好に着替えた……国王だった。

「え、えええええ⁉　こ、国王陛下ぁあああああ⁉」

俺は立ち上がって、急いで頭を下げる。

「座りたまえ。今はこの国の王ではなく、クラウディアの父として会いに来たのだからな」

謁見の間で見せていた、厳粛な雰囲気はなりを潜めていた。

そこにいたのは、気さくそうな、白髪交じりのおじさんだった。

国王は俺の正面のソファに座る。

「ではわたくしも失礼して♡」

「……なぜ俺の隣に座る」

「で、では……わ、わたし、も……失礼します！」

「ユーリ……おまえまで……」

美少女二人に挟まれて、居心地の悪さを感じる……。

「なるほど、さすが【古竜殺し】の英雄。腕が立つだけでなく、女にももてるのか。いやはや、なんとも英雄の資質あふれる若者よ」

国王が愉快そうに笑う。

「なっ、あ、あんた何言ってんだよ⁉」

「なにって、娘の将来の婿が女にもてて、義父として鼻が高いという話だよ君」

「何の話だよ！　何の！」

するとと国王がククッと笑う。

「やっと緊張がほぐれたようだね」

「あ、あっ、いや……す、すみません……」

いかん、相手は一国の王なんだ。言葉遣いに気をつけないと。

「謁見の間でのときのように、かしこまらなくて良いぞ、アイン君」

どうやら国王は、俺がまた緊張していたことを見抜いていたようだ。

「さて、先ほどの私の謁見、正直何を言ってるのかわからなかっただろう？」

「……まあ、そうですね。硬い言い回しが多くて」

「まあ簡単に言えば、ベヒーモスを倒してくれたことの、お礼を言いたかったのだ」

なんだそれだけだったのか。

「仕方あるまい。平民であのような場に立つ機会などなかろう。恥じることはない」

「恐縮です……」

しかし無知をさらしてしまったな。うわぁ、恥ずかしい。

今度ジャスパーに作法を教えてもらおう。

「ははっ、だからそうかしこまるな。やはり君は娘から聞いてたとおりの少年だな」

「なんて言われたんですか？」

するとクラウディアがキラキラした目で俺を見て言う。

「とても強くて！　かっこ良く！　すごい力をお持ちになられてるのに、おごり高ぶることのない素敵な殿方！」

誰だよその完璧超人。

「うちでは毎日のように、君の話題が上がっているのだよ。私も興味があってな」

俺の知らないところで、国王からの株が上がっていたようだ。

「それと……ちゃんとお礼を言いたかったんだ。先日はクラウディアを助けてくれてありがとう」

国王が、深々と頭を下げてきた。

「や、やめてくださいよ！　俺なんかに頭下げるのは」

「何を言っている。娘の命を助けてくれた恩人が目の前にいるんだ。頭を下げて感謝の意を伝えるのは父親として当然だろう？」

この人はそのために、俺に会いに来たんだな。

「本当にありがとう、アイン君」

「お礼はユーリに言ってください。この子の力が無かったら、俺は何もできませんでした」

彼女が世界樹の精霊であることは、伏せてある。

ただ俺はユーリから力をもらっている、とだけ伝えてあるのだ。

「ありがとう、美しいお嬢さん」

ユーリが俺を盾にするように、背後に回る。

「すみません、ユーリは人見知りなんです」

「そうか。しかし君は本当に謙虚だな。ますます気に入ったぞ」

ニッと国王が笑う。

「立場上いろんな権力者と会う。彼らの目は皆そろって濁っている」

しかし……と国王が続ける。

「君の目は最強の力を持っていながらも、透き通っている。私はそこが気に入ったよ」

「ありがとうございます。俺も、この目は自慢なんです」

左目に触れて言うと、隣に座っているユーリが、耳をぱたぱたさせる。

「お父様、アイン様と結婚しても良いでしょう？」

まだ言ってるのか、この子……。

さすがに冗談だよな？

「クラウディア、君は国民の上に立つ女だ。そう簡単に結婚を決めてはいけないよ」

良かった、親父はまともだった。

「あと三年くらいしたら、結婚をゆるそうじゃないか」

「おいっ！」

何言ってるんだこのおっさん！

「無理でしょう、俺は平民で、クラウディアは王族なんですよ？」

「今は、だろう？　数年後の君は王の娘をめとっても、誰からも何も言われない立場になっているだろうしな」

「そんな……何を根拠に言ってるんですか？」

国王はまっすぐ俺を見て言う。

「私は人を見る目には自信があるんだ。予言しよう。君は将来傑物となるだろう」

国王は、真剣な表情で言う。

ウソや冗談を言ってるようには見えなかった。

「君の成長を楽しみにしているよ」

国王は笑って、ふと、壁に掛けてあった時計を見やる。

「おっと、そろそろ時間だ。アイン君と話すのは楽しくて、時間を忘れてしまう」

「お父様、もうお仕事ですか？」

「ああ。ではなアイン君。たまにで良いのでまた遊びに来て欲しい。クラウディアも喜ぶ」

「いや……そんなに頻繁に来れないですよ。ここ王の城ですし」

「おお、そうだったな。ではこれを君にあげよう」

国王はポケットをあさり、俺に何かを差し出してきた。

「これは……懐中時計ですか？」

銀の時計。

蓋には翼の生えたライオンが描かれている。

「王家の紋章の入ったものだ。これがあれば、どんな場所へも出入り自由となる」

「い、いや！　悪いですって……それに悪用したらどうするんですか？」

「君がそんなことをしない男だってわかっている。もっていたまえ」

こんな高価な物をもらうなんて、悪いという気持ちもある。

しかしこれがあれば、今まで閲覧できなかったものが見れるようになるかも。

これは、ユーリの家族を探すのに、役立つものだ。

「謹んで、頂戴いたします」

「うむ、やはり私は君が好きだ。ではな、アイン君」

かくして、俺はベヒーモスを倒し、国王から気に入られたのだった。

10話　鑑定士は決意する

鑑定士アインが、国王から褒美を賜った翌朝のことだ。

ジャスパーの屋敷の一室にて。

「ふぁ〜、よく、寝ましたぁ〜」

金髪の美しい精霊ユーリが、ぐいっ、と背伸びをする。

彼女がいるのは、ジャスパーから与えられた部屋だ。

驚くほど広いため、妹のピナと一緒に使っている。

ちなみにアインとは別室。同じ部屋で生活したいと言ったのだが、母に却下された。

「おはよ、お姉ちゃんっ☆」

ピナがバスタオルで髪の毛を拭きながら、部屋に入ってきた。

「どこいってた、の?」

「お風呂入ってたの。ここの風呂広くていいねぇい」

ユーリは首をかしげる。

「自由に、歩き回れるの?」

「うん。ウルスラママが言ってたけど、基本的にはお兄さんのそばを離れられないらしいけど、動けるエリアは結構広範囲みたいだよ」

「そうなん、だ。知ら、なかった」

ピナが自分の隣に座る。

「御髪《おぐし》が、ぬれてます」

「髪の毛かわかすのめんどくさーい。お姉ちゃんやってー」

「しかた、ないなぁ～」

ユーリはニコニコしながら、ピナの髪の毛をタオルで拭く。

妹にこうやって甘えられるのは、わりと好きだ。

特に、何世紀もこうして妹とふれあってこなかったのだ。

余計に、妹のわがままに付き合いたくなるのである。

ややあって、髪の毛を拭き終わる。

「ねえねえお姉ちゃんっ。ちょっとだけ、お外いってみようよ☆」

彼女からの提案に、ユーリは即答できなかった。

「いいじゃーん、超久しぶりに、お姉ちゃんとふたりでおでかけしたいよぅ」

姉の体に抱きついて、だだっこのように体を揺する。

「お外、行くの。少し待って。アインさん、起きてから。一緒に」

「お兄さん昨日からぐっすり寝てるじゃん。ママもいってたでしょ、疲れが出てるって」

昨晩、王城から帰ってきたアインは、その場でくずおれた。

ウルスラの見立てでは、やや過労気味らしい。

　そのままアインは寝室へ運ばれ、今朝にいたる。

「アインさん、だいじょーぶ、かなぁ……」

「大丈夫だよ。疲れて寝てるだけだって。んも～、お姉ちゃんは心配性だなぁ。お兄さんのことそこまで好きなの？」

「ひゃあ……♡」

　ユーリは顔を真っ赤にして、体をくねくねとさせる。

「あーらら。こりゃ本気でお兄さんのことラブなんだねぇ。にししっ、楽しいことになりそう。お兄さんに報告して良い？」

「だ、めー！」

　ぽかぽか、とユーリがピナの肩をたたく。

　だが小鳥がついばむよりも、ユーリは非力だった。

「それはまあおいといて。お兄さん疲れてるだろうからさ。アタシたちだけで出かけようよ。ちょっといって帰ってくるだけなら大丈夫だって！」

　妹は立ち上がると、ユーリの腕をぐいぐいと引っ張る。

「けど……なにかあったら、大変です」

「大丈夫。そうそう事件なんて遭遇しないよ。絶対なんにも起きないって！」

　ユーリはしばし考え、妹の提案を承諾する。

　今日ばかりは、アインを休ませてあげたかった。

こうして、ユーリは妹とふたりだけで、王都の街へと向かったのだった。

☆

一方その頃、冒険者ゾイドは、王都の街にいた。

「ちくしょう……ちくしょぉ～……」

ぎり、っと歯がみしながら、裏路地を歩いている。

その表情には、いっさいの余裕が感じられなかった。

「くそが……アインの野郎、ひとりだけ勝ち組になりやがって……！」

近くにあったゴミ箱に足を取られる。

「ぶべっ……！」

ゴミ箱の中身と一緒に、ゾイドが倒れる。

そのときだった。

「やだぁ、朝から酔っ払いよぉ。きもちわるぅい」

聞きなれた声が、近くから聞こえてきた。

見上げるとそこには、相棒の魔女ジョリーンがいた。

「てめえ！　ジョリーン！」

「げっ、ゾイド……なんでいるのよ」

彼女は相棒と再会しても、不愉快そうに顔をゆがめるだけだった。

「ん？　彼と知り合いなのかい？」

魔女の隣には、ハンサムな冒険者がいた。

背も高く、顔立ちは整っていた。

「知り合いってゆーかぁ、昔の男？　元相棒？　的な」

「ああ……そうか。きみがゾイドくんか」

ふんっ、と小馬鹿にしたように鼻を鳴らす。

「仲間を地下に置き去りにしたんだって？　そのせいでランクを下げられたっていう」

「そーそー、ひっどい男よねぇ」

ジョリーンは男にこびへつらうように笑みを浮かべる。

「このくそ女！　てめえも同罪だろうがぁ！」

「あなたにやれって命令されて、しかたなく麻痺《まひ》の魔法を使っただけだもーん」

彼女は自己保身のため、ギルドにウソの報告をしたのだ。

もちろん反論した。

しかしアインを見捨てた前科があるため、ギルドは彼の発言を信用しなかった。

結果、ゾイドだけが非難され、ジョリーンは罪を逃れた。

「てめえ……ひとりだけ……くそ！　死ねぇえええええええええええ！」

立ち上がり、ジョリーンに殴りかかろうとする。

「おっと」

パシッ！

冒険者はゾイドの拳を軽々と受け止め、そしてそのまま、背負い投げをする。

「がはっ……！」

路地の壁に激突。そのまま壁に埋まる。

恐ろしい威力の投げ技。おそらくは、技能《スキル》によるものだろう。

「逆恨みは良くないな。いくらギルドでのきみの評価が暴落し、余裕がないからといって、何の罪もない元相棒になぐりかかるなんて、男として最低だぞ」

「あーん。かっこいい〜。だいてぇん」

ジョリーンは冒険者にしなだれかかり、熱っぽい視線を向ける。

もう、彼女の目には、元相棒の姿は映ってはいないようだった。

そのままふたりは、路地の奥へと消えていく。

ゾイドは一人残されて、壁に磔《はりつけ》にされたままだ。

ややあって、前のめりに倒れ、地面に大の字になって寝転ぶ。

「ちく……しょぉ……最悪だ……」

絞り出すかのようにつぶやく。

「ギルドの信用は、失う。女も取られる。見下していた相手に……先を越される」

思い出すのは、つい先日のこと。

汚名返上をかけ、ゾイドはギルドの制止を振り払って、氷竜に挑んだ。

結果は惨敗。しかし、そこへ現れたアインが、すさまじい強さを見せつけて氷竜を倒した。

それだけではない。先日、アインは古竜ベヒーモスすらも倒したという。

彼は、強くなったのだ。

その姿をすぐ近くで見ていたから、よく知っている。

「なんだよ……なにが、いけなかったんだよ……誰のせいで、こんな目に」

じわ……っとゾイドの眼に涙が浮かんできた。

「そうだ……あのとき、アインの野郎を置き去りにしてから、すべてが狂ったんだ」

あの日以来、何もかもが上手くいかなくなった。

すべては、アインと関わったせいだ。

悲しみはやがて、怒りへとすげ替わった。

今彼の心の中を占めているのは、鑑定士の少年への憎悪。

「アインさえ……アイツさえいなければ……おれは！」

……と、そのときだった。

「よろしければ、力、お貸ししましょうか？」

ゾイドは見上げる。

言葉を失うほど、美しい女だった。

背が高く、胸と尻が飛び抜けて大きい。

顔の作りは精巧な人形と見まがうほどだ。

流れる銀髪に、尖《とが》った耳。

一瞬、エルフかと思ったが、肌の色が浅黒い。

「ダークエルフ……？」

「いいえ、私は精霊。名前を【エキドナ】と申します」

「精霊……だと？」

ゾイドはフラフラと起き上がる。

「おれになんの用だよ？」

「なにやら強い恨みを抱いているとお見受けします。その復讐《ふくしゅう》のお手伝いができれば……と」

確かにアインに、強い恨みを抱いている。

だがこの女なぜ知っているんだと首をかしげる。

「ふふっ、それはですね。私には特別な【目】があるのです」

エキドナは心の中を読んだかのように、語りかけてくる。

「精霊の目……あなたが恨みを抱いているその鑑定士も、同じ目を持っています」

「なんだと⁉　だ、だからあの野郎、強くなりやがったのか！」

「ええ、そのとおり。ようするに棚ぼたで最強になっただけです」

ゾイドは醜悪な笑みを浮かべる。

「やっぱりだ。あんな最底辺のクズが、まともな手段で強くなれるわけがない！」

アインの弱みを握れたように思え、勝ち誇った笑みを浮かべる。

エキドナが妖しく微笑む。

「欲しくないですか、精霊の目？」

「ほ、欲しい！　よこせ！」

にぃ……っとエキドナが邪悪に笑う。

右手を差し出すと、その上には……赤黒い目玉が出現した。

「これが精霊の目というやつか？」

エキドナは精霊の目を手に取ると、ゾイドの眉間めがけて、勢いよく突き刺した。

「がっ！　がぁあああああああああ！」

ゾイドはその場に崩れ落ちる。

頭部に激痛が走った。

体全体がバラバラになるのではないか、という痛みにもだえていた。

内臓が入れ替わり、筋肉や骨が破壊されていく。

そして……まったく別の生き物に、作り替えられていくような……感覚。

ややあって。

そこにいたのは、一匹の【獣】だった。

三つ目玉のある、異形のバケモノ。

「さぁ坊や。人間が憎いのでしょう？　ならば……殺しなさい」

「グルァァアアアアアアアアアア！！！」

獣はグッ、と体を縮めると、凄まじいジャンプ力を発揮。

たどり着いた先にいるのは……先ほど自分に恥をかかせた、ジョリーンたちカップルだ。

「な、なんだおまえは⁉」

男が拳を構えて、攻撃しようとする。

獣となったゾイドは、口を大きく開ける。

顎の関節は完全にはずれていた。

牙は剣山のように。

人間離れしたその顎で、ゾイドは男の頭部を喰《く》らった。

「え……………ヒッ……！　きゃあぁあああああああああああ！」

ジョリーンは悲鳴を上げ、その場にへたり込む。

ぐちゃぐちゃと咀嚼《そしゃく》しながら、ジョリーンを見やる。

「じょ、りーん……お、おま……え、ころ……す」

「そ、その声……まさか、ゾイド⁉」

異形なる獣は一歩、ジョリーンに近づく。

「ご、ごめんねゾイド！　こ、この男に、自分の女にならないと殺すって脅されてたの！　あなたのことが嫌いになったわけじゃないわ！　だから！」

しかしゾイドは、躊躇《ちゅうちょ》なくジョリーンの頭部を喰らった。

ぼり……ぼり……と咀嚼する。

「ダメでしょう、坊や？」

エキドナがゾイドに近づいてきて、その顎を撫《な》でる。

「復讐相手は、あの鑑定士よ。探し出して……殺しなさい」

応じるように雄たけびをあげ、王都の繁華街へと走り去っていったのだった。

☆

ふと気づくと、俺は、少し上空から、誰かを見下ろしていた。

『おらぁ！　いくぞアイン！　さっさと歩けや！』

剣士ゾイドの後ろには【俺】がいた。

みすぼらしいかっこう。細い腕と足。

【俺】はヘコヘコとゾイドに頭をさげながら、ドロップアイテムを回収する。

『遅いんだよタコが！』

『へへ、すみません……』

必要もないのに頭を何度も下げて、しゃがみ込んでアイテムを拾い集める。

そんな【俺】の姿を見ていると、腹が立ってしょうがなかった。

やがて拾い終えた【俺】は、ゾイドの後をついていく。

ギルドで、はした金を受け取る。
『ありがとうございます、ゾイドさん……』
またも頭を下げまくる【俺】の態度が、気にくわなかった。
なんでそんな、卑屈な笑みを浮かべるんだ？
どうしてもっと、背筋を伸ばさない？
『最弱のおまえは、価値のない人間なんだ』
……違う。
『最弱職はいくら頑張ったって、良い人生を送れるわけないんだよ』
……違う！
俺は必死になって【俺】に向かって叫ぶ。
だが【俺】は腹の立つ笑みを浮かべ、背筋を曲げてゾイドの後をついていく。
場面が暗転する。
【俺】は、地獄犬に食い殺された。
暗くて、じめじめとした場所で、孤独なまま冷たくなっている。
足下に転がる死体を、俺は見下ろす。
……そうか。これは、可能性の世界だ。
もし、奈落でユーリと会わなかったら、こうなっていたんだ。
『……しょせん、おまえは運が良かっただけだ』

死体となったはずの【俺】が、足を引っ張る。

恨めしそうに見上げながら、邪悪な笑みを浮かべて訴える。

『おまえなんて精霊の目をたまたま手に入れただけに過ぎない！　おまえ自身が強くなった訳じゃねえんだよ！　最弱職のゴミかすは、何をどう頑張ったところで、ゴミのままなんだ！』

違う！　と俺は死体を蹴り飛ばそうとする。

だが【俺】はにたにた笑い続ける。

『お前の本質は最弱職のままなんだよ！　根っこの部分は変わらないんだ！』

……。

…………。

………………。

「はぁッ！　はぁ……はぁ……はぁ……」

俺は目を開ける。荒い呼吸を繰り返す。

先ほどまでの暗い空間はなく、今いるのは、朝日の差し込む清潔な室内だ。

「小僧。大丈夫か？」

ふと、見上げるとウルスラがいた。

珍しく、心配そうな顔で見下ろしている。

「あ、ああ……だいじょぶだよ。うん」

「顔色が悪い。どれ、動くな」

ウルスラは顔を近づけてくる。小さなおでこを、俺の額に合わせせる。

「………………」

髪の毛から、甘い香りが感じられた。

驚くほど整った顔つきに、思わずどきりとしてしまう。

ややあって、幼女賢者は顔を離す。

「熱はない。疲れもとれたようじゃ。……ほっとしたよ」

ふぅ、とウルスラが吐息をつく。

「そういえば……俺、王城から帰ってどうなったんだっけ？」

「覚えておらぬのか？」

かいつまんで今朝に至るまでの経緯を聞いた。

「過労じゃ。まったく、無茶しおって」

「すまねえ。迷惑かけたな」

「まったくじゃ。ユーリたちは心配しておった。愚か者め。後で土下座しておくんじゃぞ」

つんっ、とウルスラがそっぽを向く。

「あれ、ユーリは？」

「ピナと街へ出かけたみたいじゃ」

俺は目を丸くする。

「え、それだいじょうぶなのか？」

「王都の街中くらいなら、おぬしから離れて出歩ける。それにユーリの位置情報は賢者であるわしにリアルタイムで伝わってきておる。何か異変があったらすぐに駆けつけられるわい」

「そ、そっか……なら安心だな」

ふぅ、と俺は吐息をつく。

「おぬしは少し休んでおけ」

「そうだな……そーする」

ベッドに、ごろんと寝る。

「そういえばおぬし、ベヒーモスから能力をコピーしておいたぞ」

「お、サンキュー」


『魔法無効障壁（ＳＳ）』

『↓外部からの魔法による攻撃を完璧に防ぐ』

『螺旋弾《らせんだん》（ＳＳ）』

『↓空間をも削り取る真空の刃を作り出す。飛ばすことも可能』

『土遁《どとん》（Ｓ）』

『↓触れている地面・壁の分子構造を変形させ、自在に潜ることができるようになる』

『地岩竜《ベヒーモス》の加護（ＳＳ）』

『↓地岩竜と同等の体力・防御力を得る』

『耐性・竜属性（ＳＳ）』

『↓竜種からの攻撃・魔法に耐性を得る』


古竜倒しただけあって、めっちゃ色々手に入ったな。

ウルスラが、俺をじっと見やる。

「小僧……強くなったな」

「え、ど、どうしたよ……急に」

このスパルタ師匠さまが俺を褒めるなんて。

めったにないことなので、俺は逆に驚いた。

「最弱だったおぬしが古竜を倒した。すごいことじゃ」

「ど、どうも。けど、俺が強いんじゃないよ。力をくれたおまえらのおかげじゃないか」

出会いに恵まれたからこそ、今俺は生きて立っているのだ。

「……まったく、謙虚な男じゃ」

くつくつ、とウルスラが苦笑している。

「やはりおぬしを選んで正解じゃった。たいしたやつじゃよ」

褒めてもらえて、うれしい。

だが、一方で、素直に喜びを享受できない部分もあった。

「どうした？　浮かぬ顔をして」

「あ、いや。……いやな夢を見てさ」

ついさっき見た悪夢の内容を話す。

「しょせん俺は、ユーリたちにたまたま出会えたから運命を変えられた。……けど、もしも運が悪かったら、今頃俺は地獄犬の腹のなかだった」

あそこにいたのが、ユーリじゃなかったら。ユーリが、優しい女の子じゃなかったら。

あのまま、俺は一生を終えていただろう。

「俺は運が良かった。それだけの人間さ。奈落で出会ったのが最高のひとたちだったってだけ。俺の本質は、今も昔も、最弱職のクズのままだよ」

だからジャスパーやギルドマスターたちから、褒められてもあまりうれしくなかった。

結局のところ、俺は今も強くなったわけじゃない。

左右の瞳が、最強なだけだ。

「……それは、違うぞ」

ウルスラが真剣な表情で、俺をまっすぐに見やる。

「そんな卑屈な表情をするな。おまえは、変わったのじゃ」

両手で、俺の肩をしっかりとつかむ。

「昔は確かに非力なガキだったやもしれぬ。しかし……」

と、そのときだ。

「！　ユーリ！」

ウルスラが血相を変えて、窓の外を見やる。

「ど、どうした⁉」

「ユーリが急速に走り出した！　何かに追われているようじゃ！」

「なんだって⁉」

俺は立ち上がり、急いで着替える。

「助けに行くぞ！　ウルスラ！　位置情報を！」

幼女賢者は、俺をじっと見上げる。

「早く‼」

「あ、ああ！　行くぞ！」

超加速を使用し、俺は屋敷の窓から飛び降り、現場へと急行する。

待っていてくれ、ユーリ！

☆

鑑定士アインが危機を察知した、一方その頃。

精霊エキドナに力をもらったゾイドは、王都で暴れ回っていた。

頭のなかは靄《もや》がかかっている。それでも気分は異常なほど高揚していた。

全身に活力が湧き、万能感に包まれる。

さっきは自分を裏切った女と、彼女を奪った男を食った。

まるで砂糖菓子のように、容易く砕けてしまった。

人を喰らった瞬間、もっと喰いたいという衝動を覚えた。

「ガロォオオオオオオオオオオオオ！」

理性なき瞳で、月下で吠《ほ》えるその姿は、まさに野獣。

王都に住む人たちを、片っ端から食って回った。

「ひぃっ！　ば、化け物だぁあああああ！」

「きゃー！　誰か！　誰か助けてぇえええええ！」

平和だった王都の街は、地獄絵図と化していた。

民衆はみな自分を恐れている。

それがゾイドの興奮をさらにかりたてる。

彼はまるで己の力を誇示するように、暴力を振るう。

やがて……ゾイドは、【彼女】と邂逅《かいこう》する。

「だい、じょーぶですかっ？」

逃げ惑う人間たちの中、ただひとりだけ、逃げずにとどまるものがいた。

金髪の、とても美しい少女だった。

「すぐ、治療します！　痛いの、なおるから！　がんばって！」

少女は瀕死《ひんし》の重傷をおっている子供に、手をかざす。

両手で器を作り、少女は傷ついた子供に、何かをかける。

「う、うう。こ、ここは？」

彼女の治療により、子供は一瞬で全回復したのだ。

ユーリは子供を立ち上がらせる。

「ひとり、で逃げられる？」

「う、うん。けど、おねえちゃんは？」

「だいじょーぶ、です。わたし、治療してから、逃げます」

たたっ、と少女が走り去る。

そしてまた、傷つくもののもとへ向かい、治療を施していた。

『ゾイド。あの子は精霊です』

突如脳内に、エキドナの声が響いた。

額にある第三の目から、伝わってくるようだった。

「ぜ、ぜい、れい？　だと？」

『ええ。言ったでしょう？　アインに力を与える精霊がいると。それがこの娘よ』

ダンッ！　と飛び上がり、ユーリの目の前に着地する。

「ひっ！」

「グロォオオオオオオオオオオオオオオオ！」

ゾイドは吠える。彼女がいなくなれば、アインは元の雑魚にもどると思考した。

「あ、ああ……」

ユーリは恐怖で震えている。

彼女に向かって、ゾイドは腕を振る。

爪が少女の柔肌を傷つける前に、何かにぶつかる。

彼女の前に、何かとてつもなく堅い物があった。

「おねえちゃん！　逃げるよ！」

「ピナちゃん！」

新しく現れた少女が、ユーリの手を引いて走り出す。

透明な何かに行く手を阻まれ、ゾイドは動けずにいた。

『ゾイド。それはもうひとりの精霊ピナの結界術です』

エキドナが、この堅い物質の正体を教えてくれる。

『今こそ私が授けた力を使うのです。【反霊術】を』

第三の瞳が、カッ！　と輝く。

その輝きはゾイドの爪を黒く染めた。

「グロォオオオオオオオオオオオオオオオオオオ‼」

大きく振りかぶり、ゾイドは爪を振るう。

ピナの結界は、まるで濡《ぬ》れた紙のように、たやすく引き裂けた。

『精霊の力と相反する力、それが反霊術。これを受けた精霊の術はすべて解除されるわ』

「グゲゲゲ！　ゲゲエエエエエエエ！」

ゾイドは歓喜した。これなら、精霊の力を持つアインをぶち殺せるからだ。

強化した脚力で、ダンッ！　と飛び上がる。

建物の屋上に着地し、走りながら周囲を見渡す。

ややあって、逃げていく少女の背中を視界にとらえる。

「グロォロロオオオオオオオオオオオオオ！」

醜悪な笑みを浮かべ、ゾイドは少女たちを追う。

すぐに逃げられないよう、袋小路へと誘い込む。

必死の表情でユーリたちは走る。

やがて周囲を建物に囲まれた、行き止まりへと、獲物を追い詰めた。

「そんな！　もう逃げる場所がないよ！」

絶望の表情を浮かべるピナの前に、ゾイドが着地する。

「ゲゲゲエエエエエエエエエ！」

「くっ、このぉ！」

襲いかかろうとするゾイドの前に、ピナがまた結界を張る。

だがまた結界をたやすく引き裂いてみせた。

「そ、そんな……アタシの結界が、あっさり破れるなんて……」

へたり込むピナ。先に、この女を食らってやろう。

「やらせ、ません！」

ユーリが両手を広げて、ゾイドの前で通せんぼをする。

「おねえちゃん……無理だよ。こいつ、強いよ」

「あきらめちゃ、だめです！　きっと……アインさんが、来てくれます！」

ユーリの言葉に、にぃ……とゾイドが邪悪な笑みを浮かべる。

彼女の首を、ガッ！　とつかむ。

「アイン、さん……」

最期まで、彼女は鑑定士の到着を信じているようだった。

「じ、死《じ》ねぇえええええええええええええ！」

ゾイドが強烈な一撃を食らわせようとした……そのときだ。

上空から誰かが降ってきて剣でゾイドの爪を受けとめた。

バランスが崩れ、ユーリは地面に倒れ伏す。

「アインさんっ！」

剣を構えた、かつて最弱職と見下していた少年が、ゾイドの目の前に現れたのだった。

☆

俺はウルスラとともに、危機的な状況下にいるユーリたちの前へと到着した。

「良かった……間に合って」

俺は心からの、安堵《あんど》の吐息をつく。

「うぇえええええええん！　お兄さん！　怖かったよぉ！」

「アインさん……信じてました。絶対、来るって」

ユーリが涙を浮かべる。こんな化け物を前にして、彼女は背後にいる妹を守ろうとしたのだ。

怖かっただろう。ほんとうに、強くて優しい子だ。

「ユーリ、ピナ。目の中へ入ってな。俺が、こいつを片付ける」

精霊たちはうなずき、光となって、左目へと吸収される。

「さて……おまえ、なにものだ？」

そこにいたのは……人とも獣とも思えないような、異形の存在。

目は血のように赤い。

体全身に鋭利な爪が伸び、腹部には巨大な口があった。

四肢は太く、四《よ》つん這《ば》いになっている。

そして特徴的なのは、眉間にある三つめの目玉だ。

「噂《うわさ》に聞く、魔族ってやつか……？」

この世には人間、エルフやドワーフのような亜人のほかに、魔族と呼ばれる種がいる。

モンスターに近い能力《アビリティ》を持ち、そして全員が強大な力を持っている。

「【鑑定】」

『↓キメラ（?·）』

『↓【*>EW】が、人間に【K<P<>´】を埋め込んで、人工的に作られた【+´EW¥k】』

「鑑定結果が……バグってやがる」

今までこんなことは一度もなかった。

得体の知れなさを感じて、剣を握る手に汗をかいてしまう。

『【隠蔽】の技能《スキル》が使用されているようじゃ。しかし……精霊神の義眼をあざむくほどの隠蔽技術。いったい誰が……』

「グルァアアアアアアアアアアア！」

キメラはグッ、と身を縮めると、弾丸のごときスピードで襲いかかってきた。

「【超鑑定】」

義眼はキメラの動きを、ハッキリととらえる。

ゆっくりとなった動きのキメラめがけて、俺は精霊の剣を振る。

攻撃反射によって、キメラは吹っ飛んでいく。

路地を出て、大通りへと転がり出た。

俺は走って、キメラの元へと向かう。

「う、ぐぅう……な、ぜだ。なぜだ、アインぅううううううう！」

キメラは立ち上がると、俺に向かって吠える。

「アインって……え？　なんだ、おまえは……？」

異形の化け物は、たしかに俺の名前を呼んだ。

今まで、知性のあるモンスターは何体か倒してきた。

しかし、最初から名前を知っていたものは、誰一人としていない。

「こいつは、いったい……」

「アインゥうううう！」

颶風《ぐふう》となりて、キメラが俺めがけて猛攻をかけてくる。

だがウルスラが動作を予告してくれるので、いつも通り余裕で対処する。

「結界で捕縛する！」

『ダメだよ！　お兄さん！』

巨大な爪を、キメラが振るう。俺の張った結界を、たやすく破いてみせた。

「死ねぇえええ！　アインゥうううううう！」

鋭い爪が、顔面を切り裂こうとする。

俺はバックステップで攻撃をかわす。

間一髪で直撃は避けた。

『すまぬ、わしのミスじゃ。鑑定能力が、こやつには正常に働かぬ』

「大丈夫だ。しかし妙な技使いやがる。いったい、なんなんだ、こいつ？」

「こんなもんか、ゴミ拾いぃいいいいいいいいい！」

キメラが狂気の笑みを浮かべて、俺に向かって叫ぶ。

「え……？　今の声、それに、ゴミ拾いって……ま、まさか、ゾイド、なのか？」

「そぉさぁああ！　おまえと一緒で、おれも！　精霊の加護を受けて進化したんだぁああ！」

キメラの腹が、くぱぁ……と裂けていた。

そこが口のように動いて、人語を発している。

明らかに人間とは思えぬ発声方法。しかし、目の前にいるのはゾイドだ。

「精霊の……加護。俺と一緒……？」

『攻撃が来るぞ！　戦いに集中するのじゃ！』

ダンッ！　とキメラが、いや、ゾイドが肉薄してくる。

爪を振るい、俺の首を狙ってくる。

強烈な一撃を、俺は剣で受け止める。

だがそれは、無意識とも言える防衛行動だった。

「ゾイドが、化け物に……？」

別に、俺はこいつに対して、特段親しみを覚えていたわけじゃない。

『何を躊躇しておる！　殺せ！　でなくば殺されるぞ！』

けれど、こいつは知り合いだ。

ひどい目に遭わされてきたとはいえ、もとはパーティメンバーなのだ。

刃を振るい、殺すことはたやすいかもしれないけど……できない。

「ははは̤っ！　死ね死ねえええええええええええ！」

ゾイドの爪と、俺の剣とがぶつかり合い、火花を散らす。

「アインぅうううううう！　ずいぶんと調子に乗ってくれたなぁ！　けれどなぁ、これでおれとおまえは対等……いや！　おれのほうが強え！　そうだろぉ！」

ガキンッ！

強めの一撃を受けて、反動ではじかれる。

建物に、俺の背中がぶつかる。

「死ねごらぁああああああああ！」

ゾイドが腕を大きく広げる。

腕の筋肉が肥大化し、鋭い爪がさらに伸びる。

ズォッ……！

腕を振るうと、レンガ造りの建物は、バターのように軽々と切り裂かれた。

俺は飛び上がって、それを回避していた。

建物の屋上へと着地すると、ゾイドもまた、ジャンプしてやってくる。

「はは！　すげえだろ！　おれの力！　こんなすげえ力、おまえも持っていたなんてなぁ！」

ゾイドが地面を蹴って、俺の元へやってくる。

俺は攻撃反射でゾイドをはじき飛ばす。

吹っ飛ぶがしかし空中で無理矢理体をひねると、離れた場所へと着地する。

「…………」

そう、だ。ゾイドと同じようなすごい力を、俺は持っているんだ。

「けどおまえもおかしいよなぁ！　なんですげえ力持ってるくせに、自分のために使わねえ！　今まで馬鹿にしてきた奴らに、どうして復讐しようとしねえんだよ、なぁ!?」

ゾイドが目を怪しく輝かせながら、俺をじっと見てくる。

「その目があれば、おまえをこけにしてきたやつらを見返せるんだぞ？　見ろよぉ！」

眼下を、ゾイドが指さす。

「痛いよぉ！」

「腕がぁああああああ！」

「うぇえええええええん！　おとーさん！　おかぁさあぁぁあああん！」

街には、傷ついて倒れるひとたちが数多くいた。

みんな腕やら足やらを切り飛ばされている。

「てめえが、やったのか……ゾイド？」

「そうだぁ！　いいだろぉ別にぃ！　なぁアイン、おまえも強い力を手に入れたんだからよぉ、気持ちわかるだろぉ？」

愉悦に満ちた笑みを、ゾイドが俺に向けてくる。

「こんな化け物みたいな力をもらったらさぁ、弱者をいたぶってやりたいって思うのが普通だぜぇ？　なあおまえだってちょっとは思ってたんだろ？　今まで馬鹿にしてきた、おれたちみたいなやつらを見返してやりたいってさぁ」

と、そのときだった。

「ふざ、けないでください！」

俺の目の前に、ユーリが顕現した。

彼女は怒りの表情を浮かべて、まっすぐにゾイドを見やる。

「アインさんは……そんなひとじゃ、ない！」

毅然《きぜん》とした表情で俺の前に立つユーリ。一方で、ゾイドは彼女をあざ笑う。

「はっ！　おまえにアインの何がわかる？　こいつはなぁ、生きるためだったら何だってする、プライドのない最底辺の人間だったんだぞぉおお？」

さげすみの視線を、ゾイドが俺に向けてくる。

「多少強くなろうと本質は、底辺のクズ野郎だ！　心のどっかでは自分を虐げたやつらへの復讐心があったはずだぜぇ？　なぁ⁉」

「………………」

そうかも、しれないと思いかけてしまう。しかし、ユーリは強く否定する。

「そんなことは……ないです！」

ユーリが俺を見やる。

目を閉じて、胸に手を置いて言う。

「わたしは、知ってます。あなたは、優しい人」

「ユーリ……でも……俺は……ゾイドの言うとおり、卑しい人間なんだよ」

「それは違うぞ」

ウルスラが俺の前に転移してくる。

「小僧……いや、アイン。よく聞くのじゃ」

幼女賢者が、俺に静かに語りかける。

「おぬしは、かつてのような、弱さを理由に強くなることを放棄していた、弱者ではない。おまえは強くなった。それは、決して腕っ節の強さではない」

どんっ！　とウルスラが俺の心臓を、手でたたく。

「おぬしは、心も大きく強く成長した。そうであろう？　おまえは自分とは無関係の、多くの困っている人を助けるために力を振るってきた。それに今日、ユーリが襲われてると知り、誰よりも早く駆けつけたではないか」

ウルスラはほほえむ。

ユーリもまた笑っていた。

「おまえは、もう不遇職の鑑定士ではない。おまえはアイン。精霊ユーリの加護を受け、高潔なる精神を持ち、悪と戦う存在……戦士となったのじゃ！」

顔を、あげる。

そこにいるのは、俺を助け、育ててくれた少女たち。

成長を、一番そばで見てくれていたのは彼女たちだ。

その、ふたりがお墨付きをくれた。

「俺……ほんとうに……強くなれたのかなぁ？」

ふたりは強くうなずいてくれた。

すごく、救われた気分になった。

「ごちゃごちゃとうるせえ！　おまえは！　おれと同族！　底辺のクズなんだよぉ！　死ねやぁあああああああああああああ！」

ゾイドが俺に向かって、襲いかかってくる。

「違う……俺は、アイン。精霊の守り手、アインだ！」

その瞬間だった。

俺の左目から、強烈な翡翠《ひすい》の輝きが、あふれ出てきたのだ。

街を一つ飲みこむほどの、強烈な光。

「うぎゃああああああああああああああああああああ！」

力の奔流は、ゾイドを吹っ飛ばす。

一方で、莫大《ばくだい》な力は、左目から、俺の体の中へと流れ込んでくる。

「な、なんだこの力はぁああああああ⁉」

ゾイドが驚愕《きょうがく》の表情を浮かべる。

「この、莫大な魔力は……いったい……？」

「ようやく、成ったか。遅いのじゃよ、まったく」

ウルスラが、うれしそうにうなずく。

「アインよ。不思議に思わなかったか？　貴様は、世界樹ユーリの精霊核をすべて持っていた。だが魔力量が変わらぬことに」

「え……？　いや、ぜんぜん」

「阿呆《あほう》め。世界樹は無限の魔力を産む樹じゃ。その力を一〇〇%受け継いだのだから」

「そ、そうか……。なら俺にも、無限の魔力が宿ってないとおかしいのか……」

ウルスラがはぁ、とため息をつく。

「おぬしには精霊の守護者となった自覚がなかった。いや、自らそうであることを否定していたところがある。ゆえにユーリの力を完全に使えていなかったのじゃ」

たしかに、そうだ。

俺は今日までずっと、自分の力に懐疑的だった。

この力は人から与えられた物。

だから、いつかなくなってしまうんじゃないかって……。

「おぬしは本当の意味で、精霊の守り手となった。のう、ユーリ」

世界樹の少女が近づいてくる。

俺の手を、そっと包み込んでくる。

「アインさん。……これからも、よろしく、ね！」

「……ああ！」

ユーリは輝く笑顔を浮かべると、俺の左目の中へと戻る。

よりいっそう強く、精霊神の義眼は、翡翠に輝いた。

無限の力が、俺の中にある。

守りたい人たちが、この目の中にいる。

今の俺は、誰にも負けない！

☆

鑑定士アインが、真の力を解放した。

屋上に立つ彼の体からは、とてつもない量の魔力があふれ出ている。

「だから……なんだ。おれにも、精霊の力が宿ってるんだよぉ！」

ゾイドは四つん這いになり、彼に向かって走り出す。

壁を駆け抜け、一瞬で距離を詰める。

彼は今のゾイドの速さが、目で追えていないらしい。

敵《ゾイド》を前に、アインは棒立ちだった。

腹部にできた口を大きくあけ、アインの左肩を、かみちぎった。

「…………」

アインはその場に膝をつく。

「はーはっはぁ！　なんだアインよぉ！　いきがっていたくせに、その程度なのかぁ!?」

ゾイドはバッ……！　とその場から離れる。

敵の頭をかみ砕くことくらい、造作も無いこと。

しかしそうはしない。

「おれが味わった屈辱の分、存分にいたぶってから、殺してやるぅううう！」

超高速で動き、アインに攻撃を加えた。

右腕、右足、左腕、左足……。

徐々に、アインの体をその顎で削っていった。

「なんだあんだけえらそうにしておいて！　今のおれに手も足もでねえのかよぉおおお！」

獣のような雄叫びをあげながら、ゾイドはアインにダメージを与えていく。

肉がそがれ、骨が露出する。

アインは【動いてない】。

だが徐々に体が傷だらけになっていく。

「どうだ！　下級職のくせにおれを見下しやがって！　おまえなんて！　しょせん！　おれには勝てないんだ！　おれが、最強なんだよぉおおおおお！」

十二分にいたぶった後アインはボロボロになり、膝をつく。

「とどめだ死ねぇえええええええええ！」

ゾイドは大きく顎を開き、アインの頭を、まるごとかみ砕いた！

ばきぃ……！

「やったぞ！　どうだ見たか！　おれのこの力！　おれはてめえなんかよりも強いんだあ！」

……と、そのときだった。

「良い夢見れたか？」

ドスッ……！

「へぇあ……？」

ゾイドの胸から、剣が生えていた。

誰かが後ろから串刺しにしたのだ。

「ば……かな……。いったい……だれ……？」

ぐりん、と目を後ろに向ける。

そこにいたのは……鑑定士アインだった。

「あ、アインぅうううううううう⁉」

信じられない光景だった。

アインは、無傷だったのだ。

「ば、バカな⁉　おれがあんなにいたぶったのに！　手も足もでなかったのに！」

「市街地でこれ以上暴れられても困るからな。幻術をかけさせてもらった」

そう、先ほどまでいたぶっていた相手は、幻術。

幻を相手に、ゾイドは得意になっていたのだ。

「うそだ……お、おれには反霊術があるのに、どうして幻術なんて……？」

『今のアインは、精霊の力を一〇〇％受けている。見たところ、貴様が受けている加護はせいぜい一〇％がいいところ。力で負けているのじゃ。相反する力を使ったところで、より強い力を持つこちらに敵うはずがなかろうが』

ゾイドは無理やり剣から体を抜いて、地面に倒れ伏す。

心臓を後ろからひとつきされた。

血が止めどなくあふれている。

「くそ……くそがあぁあああ！」

ゾイドは渾身《こんしん》の力を振り絞って、跳躍。

凄まじい速さでアインの周りを走り回る。

「おまえはおれの速さについていけてなかった！　だから小細工使ったんだろ！」

ゾイドは攪乱《かくらん》したあと、死角をついて、アインの頭部を狙った一撃を食らわせようとした。

……そのときだ。

ぐりんっ、とアインの目が、敵の姿を完璧に捕らえた。

持っていた剣の腹で、ゾイドの顔面をぶったたいた。

「ぐぁあああああああああ！」

ゾイドは後方へぶっ飛ぶ。

建物の壁に激突すると、その場にずり落ちた。

「ばか……な。動きを……完璧に……とらえて、攻撃を……はじきとばした……だと……？」

無様に這《は》いつくばるゾイド。
急所を潰され、全身を強打した。
もはや彼に余力は無く、その場から一歩も動けない。
アインは悠々と歩いて近づいてくる。
「うそだ……こんなの……うそだ……」
ゾイドは現実を受け入れられなかった。
自分より、下だと思っていた鑑定士に、完全に実力で上をいかれた。
精霊から力をもらい、今度こそ最強に、アインより強くなったと思った。
……だが、攻撃は完全に見切られていた。
幻術をいつの間にか掛けられていた。
「うそだ……こんなの、認めないぃいいいいいいいいいいいいい！」
ゾイドはアインに向かって、突進。
大きく顎を開けて、彼の体に噛《か》みついた。
「なっ……!?　んだと……」
アインは、ゾイドからの噛みつき攻撃を受けて平然としていた。
彼の目の前には、結界が展開されている。
さっきはたやすく打ち破ったはずのそれは、ゾイドの攻撃を完全にしのいでいた。
結界の硬さに耐えきれず、ゾイドの獣のような牙がすべて破壊された。

『完全な守り手となったことで、ピナの力も、一〇〇%使えるようになった。今のアインの結界で、阻めぬものは何もない。さすが、アインじゃ』

「そ、んな……」

ゾイドは、完全敗北した。

速さでも、自慢の顎でも、アインの力には遠く及ばなかった。

「終わりにしよう」

アインは斬鉄の能力を発動。莫大な魔力が、彼の持つ剣に宿る。

翡翠に光る剣となったそれを、アインは振りかぶる。

「罪を、つぐなえ……！」

彼は体をねじり、すさまじい速さで、光の剣を振るった。

天地をひきさくかのような、巨大かつ強烈な斬撃。

光の奔流を真正面に受けて、ゾイドの意識が、遠のいていく。

だが、不自然なほど、体に痛みを感じない。

まるで、誰かに優しく包まれているようだ。

邪気のみが祓《はら》われていくような、安らかな気分でつぶやく。

「思い上がりだった。おれなんかよりもよっぽど、アインは、最強《バケモノ》だったんだ……」

エピローグ　かつて鑑定士は不遇職だった

鑑定士アインがゾイドを倒した、その深夜。

精霊エキドナは、王都の市街地へと足を運んだ。

そこはアインとゾイドの戦いが繰り広げられた現場。

しゃがみ込んで、エキドナは【それ】を拾う。

ゾイドに与えた、赤黒い色の精霊核だ。

「回収完了。まぁ、なかなか頑張った方ね、あの子は」

アインとの戦闘データが、この目玉状の結晶に、収まっている。

「しかし死者数ゼロか。アインの到着が早かったことと、かわいい私の妹が、負傷者たち相手に、頑張って治癒しまくったからね。まったく、困った子だわ」

しかしその表情は、微笑をたたえたままだ。

まるで、ユーリによる治癒も、想定内とでもいいたげである。

「唯一の計算外は、ゾイドが死ななかったことね」

アインの攻撃を受けたあと、ゾイドは人間の姿で倒れていた。

騎士が来て、彼は傷害容疑で連行された。

「最後、斬撃にユーリの治癒と浄化の魔力を織り交ぜるなんて。器用なことするじゃない。まあ、ゾイドの魔族化の記憶はこの宝玉に封じられているし、計画が明るみに出ることはないでしょう」

宝玉を胸の谷間に入れて、彼女は微笑む。

「計画の滑り出しとしては上々ね。さて……帰ろうかしら」

エキドナは軽い足取りで、その場を立ち去る。

「まっててね、ミクトラン。かならず……あなたを復活させてあげるから」

エキドナはそのまま、夜の闇へと、消えていったのだった。

☆

ゾイドによる王都襲撃騒ぎから、一週間が経過した、ある日のこと。

朝。屋敷の、俺の部屋にて。

「アイン……さん。おねがいが……あります！」

俺がソファに座ってお茶を飲んでいると、ユーリが顕現し、こう言ったのだ。

「わたし、に……、ちゅ、ちゅーして、ください！」

「ぶっ……！　な、なに冗談言ってるんだよ、おまえ……」

俺はカップをテーブルに置いて、ユーリを見やる。

「冗談、じゃ……ないです！　これは、儀式、です」

「ぎ、儀式だぁ？」

うんうん、とユーリがうなずく。

「精霊と、守り手。契約のとき、ちゅ、ちゅーするって、聞きました！」

ユーリが顔を真っ赤にする。

最近なんか言いたげにこっちを見ていたのは、これだったのか。

「誰にそそのかされたんだ？」

「そりゃもちろん！」

「わたしたちで～す♡」

俺の両隣に、ピナと黒姫《くろひめ》が出現。

「おねーちゃんがねー、もー、奥手すぎて見てられなくってさぁ！」

「ここはキスをして、いっきに進展を狙おうって作戦よ♡」

……このアホコンビが！

「と、ゆーことで～、ささっ、お兄さん、ぶちゅっとぶちゅっと！」

「わたしたちは部屋の隅で様子をうかがってますので、どうぞごゆっくり♡」

すると、俺の目の前に、ウルスラが顕現する。

「ピナ。それに……黒姫さま、アインが困っておる。勘弁してやってくれ」

黒姫は目をパチパチと瞬く。

そして、にっこりと笑った。

「仕方ありませんね、ウルスラちゃん♡　さ、ピナ。わたしたちは退出しましょう」

「えー！　これから面白くなりそうなのに〜」

ぶーぶー、とピナが文句を言う。

「いいの？　大事な娘が他人にキスされるかもしれないのに？」

するとウルスラが、俺を見て、ふんっ、とそっぽを向く。

「あやつは他人ではないから、良い」

ピナたちを引っ張って、部屋を出て行こうとする。

「じゃがアイン。キスまでだからな。それ以上したらおぬしを殺すからな！」

幼女賢者は俺をにらみ付けると、扉をバタン！　と強くしめた。

後には俺とユーリだけが残される。

「キスする必要あるのか？」

「ちゅ、ちゅー必要！　儀式だから！　正式に就任するための儀式だから！」

本当にそれ必要なのだろうか……？

まあ、ううーん、ユーリにはゾイド戦のあとに、すごい頑張ってもらったからな。

そのお礼？　ご褒美？　あげないとな、うん。

「わかったよ。ユーリ」

ユーリはパァ……！　と瞳を輝かせると、俺の隣に座る。

ちょこんと正座し、胸の前で両手を組んで、ん……と唇を向けてくる。

……改めてみると、可愛いな、この子。

「あの……はじめて、だから。いたく……しない、で……？」

「……お、おうよ」

俺はユーリの細い肩を抱き、そして、彼女の唇に、自分のそれを重ねる。

ややあって、唇を離す。

「むきゅ～…………♡」

ユーリはソファに、後ろ手に倒れる。

「しあわせ、すぎて……天に、のぼるぅ～……♡」

顔を真っ赤にして、ユーリは気を失った。

一瞬焦ったけど、めっちゃ笑顔だったし、まあ大丈夫だろう。

俺は少し考えて、鑑定能力を発動させてみる。

「【鑑定】」

『神眼（ＳＳＳ）』

『↓精霊神の義眼がよりパワーアップした姿。基礎能力の向上、および、神の力をその身に宿す』

……どうやらユーリとより深く結びついた結果、目が進化したようだ。

神の力ってなんだよ。女神と関係あるのか？　……わからんことが多い。

例えば、だれがゾイドを魔獣に変えたのか。

例えば残りの六つの隠しダンジョンの位置。

例えば、行方不明のユーリの姉エキドナの所在。

不明なことだらけだけど……まあ、大丈夫だろう。

「俺はもう、不遇職の鑑定士じゃないからな」

かつて、俺の目には、この世界が大層憎たらしくうつっていた。

職業《ジョブ》で全てが決定づけられる世界なんて、くそ食らえと思っていた。

だって職業を変えることができないのだから、生き方だって、変えられないじゃないかと。

……だが、違った。生き方は変えられる。

進むべき唯一の道だと思っていても、ふとしたきっかけで……まるで違うルートが見えてくる。

きっとこの世界は、俺が思っていたよりも……窮屈じゃないのかもしれない。

職業で人生の全てが決定づけられるのではない。

人生を決めるのは、結局のところ自分の意思だ。

鑑定士が不遇職だと、腐っていたから、俺の人生はくそったれだったのだ。

けど……もう二度と、自分の職業を不遇職なんて思わない。

「俺はアイン。精霊の、あの子たちを守るのが、俺の誇りある職業だ」

決意を新たに、これからも、仲間たちとともに、歩んでいこうと思う。

この目とともに、未来を見据えながら。

おまけ　精霊は一日メイドさんとなる

ある日の朝。ジャスパーの屋敷にある、俺の部屋にて。

目を覚ますと、精霊少女ユーリが、俺をのぞき込んでいた。

「おはよー、ございます♡　【旦那様】♡」

「はへ……？」

ユーリはいつも通り、ニコニコと笑顔を浮かべる。

だが服装と、そして呼び方がおかしかった。

「お、おまえ……なんだその格好？」

「メイドさん、ですっ。じゃんっ」

紺のスカートに、白いエプロン。頭の上にはちょこん、とフリルの付いたカチューシャ。

どこからどう見ても、使用人《メイド》の格好だ。

「な、なんでまた……」

「きょーは、わたし、【一日メイドさん】として、アインさんに、ごほーししします……ぽっ♡」

「め、メイド？　ご奉仕だぁ……？」

何を唐突に言ってるのだろうかこの子。

「そー、ですっ。今日、アインさんは……旦那様。わたし、メイドっ」

ユーリはその場で、くるん、と回転する。

ロングスカートがふわりと舞う。

「…………はっ！」

思わず見とれてしまった。

清楚《せいそ》な見た目の彼女には、メイドさんの姿はよく似合っている。

「し、しかし一体誰が、ユーリにこんなかっこうを……？」

「ひゃっほー☆　お兄さぁん！　どうどう、お姉ちゃんのメイド姿はっ！」

ピナが元気よく、部屋のドアを開けてやってきた。

「おまえかっ！」

「にゅふふふ～ん。お姉ちゃんのスカートから覗くおみ足に目線釘付《くぎづ》けでしたのぅ☆」

にやにやと笑いながら、ピナが俺のとなりまでやってきて、脇腹をひじでつつく。

「いいんだよおにいさん。今日はお姉ちゃん何でも言うこと聞くから。ねっ？」

「そーです！　なんでも……聞きます！」

ふすふす、と鼻息荒く金髪美少女が言う。

「な、なんでもって……なんでも、なのか？」

「ぬふふ☆　なんでもだよぉ～……？　どう、ぐっとくる？」

正直とても魅力的だ。

「し、しかしウルスラが何というか……」

「ウルスラママはアタシのおかあさんが説得済みです！　あちらをご覧ください！」

部屋の隅に、ウルスラがいた。

鬼の形相でこちらを見ている。血の涙を流していた。

その隣に守り手の幼女の黒姫がいる。

「あーくん気にしないで。ウルスラちゃんも了承済みよ〜。ね？」

「…………コロス」

「ぜんぜんそんな感じしないんだけど⁉」

殺意全開でウルスラがこちらを見ていた。

「だめよぉ、娘達が楽しそうなんだから、邪魔しちゃめっ、よ♡」

「…………ハイ」

黒姫は幼女賢者を連れて、部屋を出て行く。

「了解とれたし、おねえちゃん、今日一日、存分にメイドさんとしてのご奉仕をするのだっ！」

「おー！　がんばる、ぞー！」

こうしてユーリによる、一日メイドさんが開始されたのだった。

☆

朝ご飯を食べに、食堂へと向かう。

俺の後を、ユーリがしずしずと付いてきた。

食堂へ到着し、イスに座ろうとする。

「待って、ください。旦那様っ」

「お、おう……どうした？」

ユーリは真剣な表情で、イスの前まで行く。

すっ……とイスを引いてくれた。

「どーぞっ！」

「ど、どうも……」

大事な人にこんな、召し使いみたいなマネをさせるなんて。

申し訳なさすぎる……。

『でもぉ、ちょっとドキドキするでしょ～？』

目のなかからピナの声がする。

うっ……た、確かに……。

「お料理、運んで、きます！」

張り切ってユーリが走って行く。

「だ、大丈夫かな……？　転んだりしないか心配だ……」

『んも～。お兄さんってばウルスラママみたい～。過保護移ったの？』

「いや、転ばして怪我でもしたら、そこにいる人に殺されるから……」

部屋の隅には、ウルスラがいた。

殺人鬼の表情で俺をジッ……と見ている。

「怖《こえ》えよ」

ややあって、ユーリがカートを押して、食堂へやってきた。

「旦那、さま〜♡　お料理、おもちしました〜♡」

コロコロとカートを押す。その上には朝食がのっていた。

「ひっくり返すなよ。絶対にひっくり返すなよ？」

俺は念を押す。そうなったらウルスラが飛びかかって来かねない。

「だいじょー、ぶ♡　そんなことしませんよっ♡」

ガッ！

「あんっ」

ガシャーンッ！

ユーリはつまずいて、カートを落としてしまう。

上に載っていたカップやらお皿やらが、地面に割れて散らばる。

「ゆ、ユーリだいじょ」

「ユーリぃいいいいいいいいいいい！」

待機していたウルスラが、音速で娘に近づく。

「大丈夫か⁉　怪我は⁉　血は出てないか⁉」

賢者様は娘に治癒の魔法をかけまくる。

「うんっ、おかーさん、だいじょーぶ、だよ？」

「そうか良かったぁ～……」

ギロッ、とウルスラが俺をにらみ付ける。

「……コロス」

「待て待て待て！　ユーリ怪我してない！」

「……ワシ、オマエ、コロス」

「おかーさんっ。めっ、ですっ」

両手を広げて、ウルスラから俺をかばおうとしてくれる。

「わたし今、アインさんのメイドさん。旦那様、守る……！」

「ぬがぁああああああああ！」

幼女は地面に倒れると、のたうち回る。

「ぶち殺したいのにぃいいい！　娘を泣かしたくないぃいいいい！　あぁああああ！」

「はいはい、ウルスラちゃん。あっちいきましょうね～♡」

部屋に入ってきた黒姫が、ウルスラをひきずって出て行った。

「ふぅ……」

「旦那様♡」

隣を見ると、ユーリが頬を染めて立っている。

「な、なんすか……？」

「ユーリは、粗相を、しました」

「お、おう……で？」

くるん、と後ろを向く。

す……とスカートの端を持ち上げる。

「ちょっ⁉」

「お仕置き……して……ぽっ♡」

み、見てはいかん！　なのに……どうしても、ユーリの白いお尻が気になってしまう……。

ドガァアアアアアアアアアン！

……どこかで賢者様が、魔法をぶっ放した音が聞こえた。

一方で、ユーリは頬を染めて、期待のまなざしを向けてくる。

「ぐ、ぐぎぎ……す、スカートは……下ろしなさい」

「ふぁーい……ちぇー」

ユーリが残念そうに、スカートの位置を直した。

ドアがギィ……と開き、不死王もかくやという表情でウルスラがこちらをのぞく。

「娘……手を出すと……コロス……」

こ、これはキツいぞ……キツすぎるぞ！

☆

その後も一日メイド・ユーリさんによるご奉仕とやらは続いた。

お風呂で背中を流してくれたり、ランチタイムに手作りサンドイッチを作ってくれたり、街へ買い物に行ったり。

一緒に過ごしてとても楽しかった。

だがやたらと転び、そのたびにお仕置きを所望。

そしてウルスラに殺されそうになる、という非常に疲れるやりとりをした……。

そして夜になり、長かった一日メイドさんもこれにて終了となった。

俺の部屋にて。

「お疲れさん、ユーリ。メイド、ありがとな」

俺たちはソファに座っている。

普段着に戻ったユーリが、むぅ、と頬を膨らませて、こちらを見やる。

「アイン、さん。お仕置き、してくれま、せんでした……」

「いや、手を出した瞬間、消し炭にされちゃうからさ……」

何度ウルスラに殺されかけたか。正直黒姫がいなかったらマジで一回は殺されただろう。

「それにユーリは大切な人なんだし、気安く手は出せないよ」

するとユーリは沈んだ表情になった。

「ど、どうした？」

「アイン、さん……聞いて？」

真剣な表情で、ユーリが俺を見やる。

「わたし……お姫様、じゃない、です？」

「え？　どういうこと？」

彼女が俺の手を握る。柔らかく、温かな手の感触に、俺はドキドキした。

「アインさん、いつも守ってくれます。わたしのため、戦ってくれます。うれしい……でも」

ユーリが目線を、手に落とす。

戦いや修行による擦り傷切り傷が、あちこちにある。

治癒してもらってるけど、あまりに何度も繰り返すと治癒にも限界があり、傷跡が残る。

「見てて……つらい、です。わたしの、ために、いつも体張って」

「そんな……俺がしたくてしてるんだからさ、おまえが気にすることないよ」

「でも……守られてばかり、いやなんです」

意思のこもった瞳で、彼女が俺を見やる。

「あなたに、大事にされること。うれしい。けど……わたし、お姫様じゃ、ないです」

「ユーリ……」

「わたし、アインさん大好き、です。たいとー、が、いいです」

彼女の言わんとすることは、わかった。

俺はユーリを大事にしようとするあまり、自分を犠牲にする傾向があるみたいだ。

「守られっぱなし、優しくされっぱなしは、嫌です。アインさんに、お返し、したいんです」

「そっか……ごめんな。俺……ちょっとおまえのこと、特別視しすぎて、はれ物に触るみたいになってたんだな」

ユーリは命の恩人だ。俺は大きな恩に報いようと、はりきりすぎていたみたいだ。

それは対等の友人とは言えない。

ユーリは俺と同じ場所に立っていたいと思っているらしい。それは同意見だった。

「今日はありがとな。その……またメイドさん、お願いしても良いか？」

「はいっ！」

かくして、俺はまた少し、ユーリと仲良くなったのだった。

あとがき～ Preace ～

初めまして、茨木野《いばらきの》と申します。

このたびは『鑑定士』をお手に取ってくださり、ありがとうございます！

■作品について

小説家になろうにて2019年12月から連載したものを、書籍にしたものとなっております。

タイトルを現在のものに変え、改稿を行い、今皆さまの手元に届いています。

■作品を書くに至ったきっかけ

『鑑定士』を書く前は少しスランプでした。

面白い小説とはなんぞやと悩んでいたんです。

そしたら僕の父（定年退職して暇を持て余してる）から「お前の書くお話ってなんかニッチ過ぎるんだよ。面白さが伝わりにくい。時代は王道ファンタジーだよ。王道を書け王道」（※意訳）とアドバイスをもらいまして、じゃあ王道ってなんだよと考え出したのがスタートです。

そこから色々考えて、【最弱だった主人公がヒロインとの出会いを契機に最強へと至る物語】というお話を書くに至ったのです。サンキューパッパ。

■謝辞

イラストレーターの【ひたきゆう】様。

美麗なイラスト、本当にありがとうございました！

どの女の子もとてもキュートです！　ユーリのおっぱいが特にお気に入りです！

続いてコミカライズ担当の【藤《ふじ》モロホシ】様。

とても面白い漫画を描いてくださり、ありがとうございます！

表情豊かなアイン君がとてもお気に入りです！

次に担当編集のＫ田様！　僕の作品をなろうから見つけ、書籍化の話を持ちかけてくださりありがとうございました！

そのほか、書籍、漫画版の制作に関わってくださっている全ての皆さまに、感謝申し上げます。

そして何より、この本を手に取ってくださった読者の皆さま！　本当にありがとうございます！

■宣伝

コミカライズ版が【マガポケ】様で好評連載中です！

作画の藤モロホシさんが超すごいかたでして、アクション描写、そして何よりキャラ描写が大変素晴らしく、とても良いコミカライズになっていると思います！

ネットで【マガポケ】様と検索してくだされば連載していますので、よろしければ是非！

■締めの挨拶

それでは紙幅もつきましたので、この辺で失礼します。

アイン君とユーリちゃんの冒険を、どうぞよろしくお願いします！

２０２０年8月某日　茨木野

Kラノベブックス

不遇職《ふぐうしょく》【鑑定士《かんていし》】が実《じつ》は最強《さいきょう》だった

～奈落《ならく》で鍛《きた》えた最強《さいきょう》の【神眼《しんがん》】で無双《むそう》する～

茨木野《いばらきの》

第1刷発行

発行者　森田浩章

発行所　株式会社 講談社
〒112-8001　東京都文京区音羽2-12-21

電　話　出版　(03)5395-3715
販売　(03)5395-3608
業務　(03)5395-3603

デザイン　寺田鷹樹

本文データ制作　講談社デジタル製作

印刷所　豊国印刷株式会社

製本所　株式会社フォーネット社

ISBN978-4-06-520918-9　N.D.C.913　291p　19cm
定価はカバーに表示してあります

ファンレター、
作品のご感想を
お待ちしています。

あて先
〒112-8001　東京都文京区音羽2-12-21
(株) 講談社　ラノベ文庫編集部 気付
「茨木野先生」係
「ひたきゆう先生」係

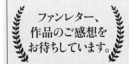